寻月谣

唐家小主 著

XUN YUE YAO

著

你是个很好的姑娘，有傻到可爱的善良。谢谢你那么喜欢我，虽然我一直觉得自己配不上你的喜欢。

她扬起手，便带起凡；她挥出手，便落下雷。
她像是黑夜一般深沉，却又带着光明的璀璨。

© SOL.Bianca Creation works

寻月谣

唐家小主 著

天津出版传媒集团

天津人民出版社

图书在版编目（ＣＩＰ）数据

寻月谣 / 唐家小主著. -- 天津：天津人民出版社，2016.6

ISBN 978-7-201-10490-4

Ⅰ.①寻… Ⅱ.①唐… Ⅲ.①长篇小说 – 中国 – 当代 Ⅳ.①I247.5

中国版本图书馆CIP数据核字(2016)第119312号

寻月谣
XUNYUEYAO

唐家小主 著

出　　版	天津人民出版社
出 版 人	黄　沛
地　　址	天津市和平区西康路35号康岳大厦
邮政编码	300051
邮购电话	（022）23332469
网　　址	http://www.tjrmcbs.com
电子信箱	tjrmcbs@126.com
责任编辑	玮丽斯
特约编辑	李　黎
装帧设计	齐晓婷
责任校对	后　鹏
制版印刷	长沙鸿发印务实业有限公司
经　　销	新华书店
开　　本	660×960毫米　1/16
印　　张	16
插　　页	2插页
字　　数	173千字
版权印次	2016年6月第1版　2016年6月第1次印刷
定　　价	25.80元

目录
Contents

目录
Contents

第一章

Chapter 01

相亲遭嫌，偶遇仙君

作为一名屠户，何小妹有一把辛酸泪，作为一名屠户还克夫，何小妹更是心里有各种苦和愁。

"小妹，鸡宰好了吗？"何父拿着工具出来问道。

因为身体不好，他才走上几步就气喘吁吁，何小妹连忙过去扶着他："爹，好了，等会儿我跟你一起拿去集市卖。"

何父立刻拒绝道："我跟你娘去就行，你赶紧收拾一下，去胡大爷家找小翠学刺绣。"

何小妹一想到拿着只能眯眼才能看到的绣花针去扎扎扎，还不如在这里杀杀杀，更何况这一坐就要坐一天，屁股都要坐开花，于是立刻拒绝道："我力气比较大，我来帮忙。"

何母闻言，看着何小妹露出的半截粗壮的手臂，二话不说将她赶了出去。这样下去还得了？屠户就算了，还壮如牛！

胡家是镇上有名的裁缝店，胡小翠更是镇上出了名的刺绣师，她的刺绣成品虽不是价值连城，可也是千金难求，找她学习刺绣的人是络绎不绝。

今天来学刺绣的既有镇上最漂亮的陆晓晓和她的跟班李春花，又有镇上第一富商的千金苏锦。何小妹一想到自己肯定要被她们奚落，便转身想走，可还没迈出半步，就被人喊住了。

"这不是屠户小妹吗？你也来学刺绣吗？哈哈，是学绣一只牲畜吗？"取笑何小妹的人是李春花，在她身旁的陆晓晓也唇角微扬，挖苦道："小妹，就算你学会刺绣，也不一定能找到夫君的。"

何小妹很是郁闷，她们那么看不起她是个屠户，有本事就别吃肉啊！

"小妹，过来我这里，上次教你的针法还记得吗？"胡小翠适时出来帮她解围。

何小妹没想到竟然还有考试这一关，顿时羞愧得脸都红了。刀法她记得，可是如何正确使用绣花针，她真的一点儿都想不起来。

"小翠姐，我可能……大概……或许已经忘记了……"何小妹不好意思地说。

李春花"啧啧"两声，表示不屑。

胡小翠温柔一笑："没关系，我来教你最基本的，带针线包了吗？"

"嗯。"何小妹点点头，正准备看看要绣什么，却发现大家绣的图案都一样，便不解地问道，"这个图案有什么含义吗？"在何小妹的眼里，这就是两只小鸭在戏水。

胡小翠笑道："这是鸳鸯戏水图，小妹，你还不知道吧，镇上来了一位翩翩公子，不知俘获了多少姑娘的芳心，她们在比赛，看谁绣得最漂亮，赢的那个人就可以把成品送给那位公子。"

"很帅吗？"何小妹不禁感兴趣地问道。

苏锦的丫鬟红茹嗤笑一声："屠户妹也想吃天鹅肉，林域林公子可是个人才，学富五车、风趣幽默、待人友善，这镇上也就小姐能配得上林公子。"

苏锦淡淡道："不得无礼。"

红茹调皮地眨了眨眼睛便不说话了。陆晓晓则怨恨地看了苏锦一眼，她虽然长得漂亮，却没有一个富有的爹。

但是何小妹却想，说不定这公子能抛开一切世俗的眼光，两人一见如故，暗生情愫，成为一对佳人呢？

可是她看着手中绣的两只歪歪斜斜的鸭子，又看了看冒出小血珠的指尖，再看一看苏锦和陆晓晓绣得活灵活现的鸳鸯，不禁有些泄气。

幻梦被打破，还被针扎到手，太倒霉了！

"说不定林公子会喜欢你的刺绣呢？"胡小翠给何小妹打气。

"谢谢小翠姐，我会努力学的！"何小妹热泪盈眶地点点头。

拿着绣品回到家，何小妹还没有进门便被何母叫住，她欢喜道："小妹，媒婆给你谈了一门亲事，是刚搬来镇上的林公子。"

林公子？是那位风度翩翩、俊朗不凡的林域林公子吗？

何小妹觉得自己被好运砸中，不过转念一想，林公子怎么会看中她们家呢？

"娘，你又给了媒婆多少钱？她肯定把我美化得跟天仙似的。"

"多少钱都没关系。"何母笑道，"只要你能嫁出去，我跟你爹就安心了。明天见到林公子时记得温柔娇羞些，得像个姑娘家。"

听了何母的话，第二天天没亮何小妹便端坐在镜子前，细心打扮起来。她换上一条桃红色的长裙，还插上了一支精致的发簪，整个人显得活泼可爱。

约定的地点在月食楼，何小妹一边故作温柔可人，一边迈着小碎步走进包厢，可是她来早了，林域还没来。想了想，她便开始练习，坐姿端正，温婉巧笑，大方得体。

不枉费何小妹一番练习，林域刚迈入月食楼，便看到她优雅地撑着下巴，眺望窗外的风景，顿时喜上眉梢，快步靠近后，笑意盈盈地问道："请问是何姑娘吗？"

林域长得高大俊朗，浅色长衫衬托出几分书卷气，说话得体，举止有礼。何小妹看了他一眼，羞涩道："是的。"稍稍停顿后，她又接着问，"不知林公子喜欢什么样的绣品？"何小妹偷偷将昨天的刺绣成品带了出来，就是想亲手送给他。

"只要是饱含心意的绣品，不管是什么，我都喜欢。"林域笑道。

何小妹闻言心里一喜，立即将绣了两只丑小鸭的手帕拿出来，嘴上说："虽然有点儿丑，但是我绣了很久，林公子喜欢吗？"

林域看着丑得分辨不出是什么图案的手帕，愣了愣，然后笑道："喜欢，何姑娘送什么都喜欢。"

天啊，这刺绣竟然这么丑？难道何姑娘不是谦虚才说那番话的吗？

听到林域的话，何小妹羞涩地低下头，一脸难为情的模样。

"听媒婆说，何姑娘家是商户，不知道家中是做什么生意的？何姑娘平

日在家又会做些什么？"林域接着问道。

"杀……"何小妹话刚出口，又立即改口道，"刺绣什么的。"

呼！幸好幸好！差点儿就说漏嘴啦！不过，不知道林公子知道真相后会不会嫌弃她呢？

"何姑娘，你怎么了？脸色怎么突然变得那么奇怪？"林域关心道。

何小妹掩饰般地笑了笑："没什么，我只是吃得太饱了。"

"这样啊，那不如我们去散散步，顺便赏赏茶花吧。"

听到林域的话，何小妹满心期待，立即同意。

林域似乎被她的喜悦感染，说道："那我们走吧，我倒要看看何姑娘是如何的人比花娇。我猜啊，茶花肯定比不上何姑娘的十分之一。"

林域这话虽然说得何小妹很开心，但她还是忍不住想：那茶花昨晚没被雨水打坏吧，要不然，林域怎么会睁眼说瞎话呢？

郊外的茶花当然没有残败，还是娇嫩鲜艳，赏花的小姐和公子哥儿也不少，热闹熙攘，可是何小妹觉得热闹过头了。

怎么陆晓晓她们也在这里？如果被她们知道她也在，肯定会过来讥讽一番的，可是她又舍不得放过如此美好的相处时光。

就在何小妹迟疑间，已有不少打扮花哨的姑娘往林域身边靠近了，她们娇嗔调笑并且暗送秋波。

这些姑娘似乎约好了，都忽视了站在林域身边的何小妹，倒是林域拒绝道："各位不好意思，我是和何姑娘一起来的。"

"何姑娘是何小妹吗？"其中一人疑惑道。

"正是。"林域回答道。

听到他的回答，周围发出一阵爆笑声，陆晓晓也被这边的动静吸引了过来。她一看到何小妹，便打趣道："小妹，怎么今天不去杀鸡了？还穿得那么漂亮，是想找夫君吗？"

面对众人的耻笑，林域皱着眉头问何小妹："何姑娘，这到底是怎么一回事？不是说你是大家闺秀吗？怎么变成屠户了？"

何小妹想解释，可是面对林域的责问和怒气，又不禁感到心痛和失望。

有陆晓晓的地方自然就有李春花，见何小妹无言以对，她说道："不但是屠户，还克夫，谁跟她成亲谁倒霉！"

"何小妹，没想到你竟然为了嫁出去而欺骗林公子，你良心何在？"陆晓晓义愤填膺道。

其他人纷纷附和，责备的声音此起彼伏，何小妹希望林域能挡在自己面前，帮助她抵挡这些恶言恶语，然而林域只是愤怒地看着何小妹。最后，何小妹几乎是落荒而逃。

回到家，面对娘亲期待的眼神和询问，何小妹只回答玩得很开心便回房去了，可是没多久她便听到何母着急的呼声，连忙跑了出去。

"爹，你怎么了？"何小妹刚出门，就看到被张大爷搀扶回来的何父。

"你爹砍柴的时候不小心摔了一跤，估计扭到脚了。"张大爷回答。

何母扶何父到医馆诊断，大夫说幸好没有伤到筋骨，修养一段时间就可以了。何小妹心疼她爹的脚伤，第二天一早便主动上山砍柴，可是没走一会儿便听到了一阵呼救声。

呼救声是从山坳里传来的，何小妹寻着声音，发现掉到洞里面的竟是林域。

他怎么会在这里？这难道是天赐良缘？

何小妹美滋滋地想。

"何姑娘，是你吗？"林域的声音有些颤抖和沙哑，似乎被困很久了。

虽然他曾对她弃之不顾，可也是她骗他在先，何小妹放下心中芥蒂，立刻回应："林公子，你不要担心，我一定会救你上来的。"

周围有爬藤类的植物，何小妹将它们扯下并卷成一条结实的藤绳，正准备走到洞边扔给林域，拉他上来……突然，她脚下一空，掉进了一个更深的洞里。

"林公子，我掉到一个洞里了，不过你别担心，我会爬出来救你的。"何小妹顿时慌了，可她仍担心正在求救的林域，于是高声道。

然而回应她的却是尖锐的笑声和刻薄的话语。

"哈哈哈，我就说她很笨，林公子，我帮你出了一口恶气，你得好好感谢人家。"说话的不是别人，正是一直针对她的陆晓晓。

何小妹抬起头，看到她和林域站在洞口的边缘，正居高临下地望着自己。

"别怪我，是你骗我在先，也是你让我被众人耻笑，这算是对你小小的惩罚。"林域冷冷地看着何小妹道。

两人说完，便有说有笑地走了，剩下何小妹定定地看着手中的绳，心中说不出是什么滋味。

要是她一开始就说实话，大概也不会有后面这事了吧。

直到天快黑时，何小妹才从洞里爬出来。出来的那一刻，她首先想到的不是报复，而是佩服，佩服林域为了捉弄她竟然费心思挖了一个这么深的洞。

稍作休息，何小妹便加快脚步往林外走去。

此时，天色昏暗，仅剩的一丝残阳将天边染成了血红色。当血红色的光穿过茂密的枝叶落到林中时，便更暗了几分。但是就在这接近昏暗的光线里，一抹莹白吸引了何小妹的注意力。

那是一位身穿素白色广袖长袍的男子，长衫表面似乎还流淌着光芒。他身后如墨般的长发一半放下，一半用白玉冠束起，白玉冠上雕刻着精美的镂空花纹。男子五官立体深刻，犹如刀刻般俊美，棱角分明的嘴唇有种说不出的冷冽。何小妹一时竟看呆了，险些忘记了呼吸。

就在何小妹发呆的时候，一只大黑熊突然从旁跳了出来，并且急速朝男子袭去。

何小妹大惊，立刻拿起木柴丢向大黑熊，在阻止了大黑熊的动作后，她又上前企图制服它。

哼！她何小妹的力气可不是吃出来的，这年头，只会绣花有什么用，难不成遇到危险还拿针去扎别人吗？

这边的动静惊动了男子，他缓慢睁开眼，瞥了眼何小妹和大黑熊，然后再次闭目养神。

何小妹见状，以为他怕得不敢睁开眼，内心的正义之火熊熊燃烧，一边

躲避着大黑熊的攻击，一边高声呐喊："这位公子，你别害怕，我会保护你的！"

然而回应她的不是公子感谢的话，而是大黑熊的冷哼："哼！就凭你？"

这熊能说人话？

何小妹愣住了，大黑熊动作不停，巨大的熊掌朝何小妹袭去，可是比它更快的是一抹白色的身影。

男子动了，何小妹还没反应过来，就被他提到了一旁，与此同时，他低沉悦耳的声音响起，对大黑熊道："是谁派你来的？"

大黑熊嗤笑一声："此山是我开，此树是我栽！爷爷我就是这里的山大王，谁敢派我来？你身上不是有很多法宝、仙草吗？今天就来献给爷爷！"

听到大黑熊的话，何小妹差点儿没忍住，不分场合地笑出来。

原来妖怪拦路打劫也说这句话啊？这还真是全国通用语言，看来学好普通话真的很重要。

回答大黑熊的是男子凌厉的招式，两人你来我往，何小妹简直看傻了眼。

大黑熊是妖，那么白衣男子呢？他的武功如此高强，尤其是渗透到骨髓中的那股仙人气质，难道他是传说中的修仙者？

此时，何小妹的眼里除了崇拜还是崇拜。

男子动手后，不出片刻，黑熊妖便落了下风。它眼珠一转，居然转身朝何小妹袭去。男子见状，快速调头并一脚踹开了它，黑熊妖在受伤逃离之际，朝两人撒了一把黑色药粉。

"咳咳，咳咳！"何小妹猝不及防，被黑色药粉呛到了。

这些黑粉落到她身上，搞得她像是从煤矿洞里爬出来的似的，而且还有股恶心的味道。

再看看那位——他依旧如天上的白月光一般光洁照人。

何小妹捂脸，人与人差别怎么就这么大呢？

好不容易遇到仙人，何小妹想要对方教自己一招两式，然而对方却二话不说就走了。正当何小妹失望之时，男子又调头走了回来。

何小妹内心一阵惊喜，难道他是放心不下她的安全，想护送她回家？

事实上，男子刚走出三米远，便发现体内法力尽失，就像是被禁锢了一样。想了想，他又回到原来的地方，再次探索后，法力果然恢复了。

"刚刚真是谢谢公子出手相助，要不然我就难逃一劫了！"何小妹赶紧搭讪，"敢问公子尊姓大名？"

"吸了黑色药粉后，你有没有感到哪里不适？"男子答非所问。

何小妹一愣，仔细感受了一下，然后认真道："有。"

"呃？"男子面色有些凝重。

何小妹咽了咽口水，被对方认真的眼神迷住了，随后定下心神，严肃道："这个黑药粉很臭。"

不知道为什么，何小妹总觉得男子似乎想打她。

"难道这粉末有毒？"何小妹小心翼翼地问。

男子瞟了她一眼："不知道。"

"可看你的表情，似乎很严重的样子。"

男子没回答，只是定定地看着她，似乎在思考着什么。

何小妹的心怦怦乱跳，全身的血液直冲头顶。她觉得要是自己是个水壶，此时头顶的壶盖早就被热气冲得腾腾乱跳了。

良久，男子终于开口了："我跟你，不能相隔三米。"

不能相隔三米？何小妹瞬间感到一阵眩晕，这岂不是代表她要和他形影不离地在一起，并且朝夕相对、同吃同喝？

想到这里，她心中莫名有些期盼，不知道他们会不会日久生情。

"公子，请问，不能离开三米，是不是就是说，我……我们要一直在一起？"因为激动，何小妹说话都有些不利索了。

听到何小妹的话，男子看着她，眉头越皱越紧。见到对方这种反应，何小妹生出一丝胆怯，但仍瞪大眼睛紧张地等待答案。

可男子似乎并不想回答，他直接无视何小妹，回到树下继续闭目养神。

此时，天色已暗，月朗星稀，何小妹后知后觉，走到男子身旁道："公子，时候不早了，我想先回去……"说完，她十指相握，紧张地等待对方回应，同时忍不住想，要是他跟她一起回家的话，镇上的人会不会误会，要是误会的话，他们会不会再发展出一点儿什么……

很快，现实给了她一个大巴掌，男子甚至连看都没看她一眼。

气氛沉默，何小妹不禁有些失落，猜测男子是不是也嫌弃她长得丑、出身不好。

唉，看来小人书里的情节果然是骗人的。

心中微微叹息后，何小妹还记得不能超过三米的忠告，可她也不能整晚露宿在外。面对男子的沉默，她一步一步挪开了脚……在走到限定的三米距离时，她还停了一会儿，见男子毫无反应，再次迈开步子。

突然，一抹白色的身影闪到她身前，与此同时，男子冷冽的声音响起："谁准你离开的？"

眼前白色的身影险些把何小妹吓得一屁股坐到地上，好在她平常胆子不小——胆子小也不敢杀鸡了，很快反应过来，拍拍胸口道："可我总不能一直在这里，我爹娘会担心的……"

听到何小妹的话，男子皱着眉头，似乎有些为难。何小妹试探性地问："如果公子没有休息的地方，又不嫌弃的话，可以到我家住一晚。虽然我家是屠户，可是收拾得很干净。"

说完，何小妹的心怦怦直跳，她一方面怕男子介意，一方面又不想对他有所欺瞒，毕竟有林域的前车之鉴。

其实林域这件事她也有错，不能全然把责任推给对方，只是林域做得过分了些。

男子犹豫一阵，点了点头。何小妹见状，心中充满欢喜，学着镇上那些受追捧的姑娘说话，问道："公子，我叫何小妹，不知你如何称呼？"

"沧澜。"男子回答很简洁。

沧澜，何小妹心中默念，这名字真好听，一听就是个文化人！

"你为什么会到清平山来啊？"她又追问道。

这次，沧澜没有回答她，而是往山下走去。

第一章 Chapter 01 相亲遭嫌，偶遇仙君

　　何小妹是那种典型的好了伤疤就忘了疼的人，虽然沧澜之前的冷淡让她有些胆怯，但听到对方的回答后，她很快又得意忘形了，于是继续追问道："那你是修仙者吗？你可以教我吗？据说懂得仙法可以起死回生。"

　　何小妹说完，沧澜突然停下脚步，脸色凝重且狠厉。

　　何小妹呼吸一滞，似是被吓蒙了，连忙道歉："对不起，我是不是太烦了？"

　　沧澜深呼一口气，恢复冷漠孤傲的表情："是，你闭嘴。"随后快步往前走，何小妹夹起尾巴小心翼翼跟在他身后。

　　路上，气氛沉寂苦闷，慢慢地，何小妹又开始管不住自己的嘴巴了，她问道："你是从仙境里来的吗？仙境里面是不是都住着神仙？我看小人书里的仙境可美啦……"

　　何小妹一口气说了许多，沧澜简直一个头两个大。

　　他不是已经让她闭嘴了吗？

　　沧澜的沉默并不妨碍何小妹的自问自答，没从他那里得到答案，何小妹又顺溜地换了个话题："刚刚真是惊险啊，这座山我可是从小爬到大……咦？好像不太对，我是说，我从小到大一直爬这座山……哎？好像也不对，我的意思是……"一段话反复纠结几分钟后，何小妹终于放弃了解释，接着道，"反正就是这么个意思，你理解吧？"

　　沧澜点了点头。

　　"原来你一直在听我说话啊！"何小妹很惊喜，"我以为你根本没空理我呢，我也就是随口一问……"

他就不该给她反应！

"我从来没遇过黑熊妖，而你第一次来就遇上了，还真倒霉啊！幸亏黑熊妖不是你的对手。"

"你说你经常上山？"沧澜开口道。

何小妹点点头："是啊，我自小便跟我爹上山打猎、采摘药草。"

"那你知道赤仙草吗？"沧澜的声音有一丝颤抖。

"赤仙草？"何小妹反问道，"就是传说吃下后能使人延年益寿，甚至活上上千年，副作用是会令人发狂变成怪物的赤仙草？"

"对！"听到她的话，沧澜目光炯炯。

"知道是知道……"何小妹照实回答。

然而她还没说完，沧澜就激动地冲到她面前问："在哪里？"

突然近距离接触，何小妹心跳如擂鼓，她红着脸，结结巴巴道："这，这就是传说啊……哪会真有这么神奇……"不对，她今天不是还碰到妖怪和仙人了吗？于是改口道，"据说它生长在极度危险的地方，但是从没人找到过。"

"我一定要找到它。"沧澜低声道，似是喃喃自语。

"为什么啊？"想起赤仙草的副作用，何小妹有些担忧。

这样俊美的仙人，要是发狂变成怪物也太可惜了。

沧澜并没有正面回答，而是道："你只需告诉我你所知道的，其他无须多问。"

感受到对方的抗拒与厌烦，何小妹终于不再说话了。

回到何家是半个时辰后的事，何小妹回头望向黑黢黢的山，突然想起一件事。

话说沧澜不是仙人吗？再不济也是修仙者吧？为什么他们要一步步走下来呢？

何小妹望向沧澜，并没有开口，但眼里的情绪很清楚。

沧澜一脸正色地回望她，然后理所当然地说道："忘了。"

何小妹努力憋笑，鼻涕差点儿流出来了。沧澜抚额，懒得理会，暗自将原因归结为他的智商被何小妹影响了。

谁让她一路叽叽喳喳说个没完！

"小妹，你怎么这么晚才回来？"走到门口时，何小妹恰巧碰上何母，然而何母话音刚落，就被女儿身后的陌生男子吸引住，紧接着问道，"这位公子是……"

按照惯例，沧澜是不会回答的，他果然也没有回答的意思，只是把视线落到何小妹身上，何母也把视线移到了何小妹身上。

何小妹眨眨眼，心想，到底她是主人，还是沧澜是主人啊！

"娘，他叫沧澜。"没办法，何小妹还是主动介绍道，"我在山上砍柴时被黑熊袭击，是他救了我，不过他不是镇上的人，我见天色太晚，就请他来我们家住一晚。"

听完何小妹的解释，何母打量了沧澜一番，只见他器宇不凡，衣着得体，再加上他还救了何小妹，觉得这是天赐良缘，赶紧点头道："既然是小妹的救命恩人，住几晚都没问题！"说完，她接过何小妹的背篓道，"小妹，赶快带沧澜公子去休息。"

何母喜上眉梢的表情太过明显，何小妹有些尴尬，假装没看见，乖巧地领着沧澜往屋内走去。

"我们家没什么客人，所以客房也不像镇上那些大户人家那么讲究……"何小妹一边点上煤油灯，一边说道。

借着光，沧澜环顾四周，除了必备的用具，屋子里确实没有什么装饰用品。这里虽不是风雅之居，却也干净整洁。

"喝茶。"他刚坐下，何小妹便殷勤地给他倒了杯茶。

沧澜接过茶杯，目光触及何小妹的手，这才注意到她手上布满了伤痕，衣服上也沾满了污泥，脸上更是像花猫一样。可是她由内往外所传达的那份简单的快乐，倒是令他稍微放下了戒备。

等沧澜喝完茶，何小妹似乎还没有离开的意思，而是捧着脸继续看他。沧澜轻咳一声，开始下逐客令："何姑娘，我要休息了。"

听到"休息"两个字，何小妹的脸一下红了。这房里只有一张床，那他们岂不是要同床共眠？

沧澜看到她的目光在自己和床之间来回扫视，立刻明白了，并且毫不留情地打破她的幻想道："这里距你的房间并没有超过三米，你大可以安心地回去休息。"

听到这话，何小妹的失落明晃晃地写在了脸上，而她前脚刚踏出房门，身后的门便砰的一声关上了。

难道这就是传说中的不速之客？

何小妹开始深刻反省沧澜是不是厌恶自己，所以当她回房后，一在床上躺下，就睡着了。

呃……反省什么的还是以后再说吧！

第二天熹微时分，何母把何小妹唤醒的时候，她揉着惺忪的睡眼问道："娘，要去集市了吗？"

何母有些心疼道："你爹脚伤没好，只能你去了，我去帮你收拾一下，待会儿你就去集市。"

"哦……"何小妹点点头，开始穿衣洗漱。

等收拾好一切，她站在门口准备出发的时候，一个声音在她耳边冷冷响了起来。

"早啊……"这个声音颇有些咬牙切齿的意味。

何小妹循声望去，看见了沧澜的脸，立即一拍头顶。

对了！她昨天上山砍柴捡了个仙人回来，而且她跟仙人由于某种原因不得相隔超过三米。

"对不起……我忘记了……"何小妹讪讪地低下头道。

面对这么直白真诚的道歉，沧澜有种被噎住的感觉，摆摆手表示没关系。难道他一个大男人还去欺负女人吗？

就这样，两人一同往集市走去。途中，何小妹主动开口道："要是我们分开超过三米会怎么样？难道你会……暴毙而亡吗？"最后几个字她说得小心翼翼，很是惋惜。

沧澜斜眼瞅她，心想：她一个姑娘家，想法怎么这么暴力？

“那倒不会。”他回答道，“经过我一番验证，我们相隔超过三米，我便会失去法力。昨天我想了一晚，暂时想到了几个解除的方法，不过需要你的协助。”

原来是这样！何小妹不禁松了一口气，但同时又更加担忧起来。

沧澜作为仙人，如果失去法力的话，肯定很难受，更何况他是为了救她才受到牵连。

“没问题！我一定会帮你的！”何小妹答应道，“不过要等卖完这些肉。”毕竟她现在是家里的支柱。

对于何小妹的话，沧澜还是很理解的，他当即点头应下了。

在去集市的路上，因为沧澜出色的容貌，引得不少路人停驻围观。何小妹小心翼翼地走在沧澜身旁，心中既紧张又激动。她能从人群中辨别出羡慕或是嫉妒的眼光，虽然她和沧澜是因为不得已的原因才走在一起，可也因此让她“炫耀”了一回。

来到自家摊前，四周仍围着不少人，然而沧澜却丝毫不受影响，找个干净的地方便开始闭目养神。姑娘们看得痴迷，只有何小妹觉得，周围那么多人走来走去，他坐那么低不怕吃灰吗？

由于多了沧澜这个活招牌，何小妹的生意非常红火。她早早卖完东西，便准备收摊回去了。

收拾好东西，何小妹正准备去唤醒沧澜，谁知他先一步睁开了眼睛，然后站起来道：“走吧。”

见此，何小妹再次佩服得五体投地。

修仙者果然法力高强，连她心里想什么都知道！

沧澜迈开步子后，何小妹立即快步跟上，忽略了身后一双充满恶意的眼睛……

回到家，何小妹先去看望了卧床的何父，得知何母去找大夫拿药了，又顺便介绍了一下沧澜。昨天回来太晚，没来得及跟何父说。

何父看着沧澜很是满意，抓着他的手一个劲儿说好，吓得何小妹提心吊胆。好在沧澜面对何父时没有像对她那样不耐烦。

只是……爹，你那一副跟准女婿说话的语气是怎么回事啊？

"人类真是脆弱。"离开何父房间后，沧澜感叹道，"一点儿小伤就卧床不起。"

何小妹随口道："那你用法力帮我爹治好脚，我就可以安心配合你实验了。"

"可以。"沧澜毫不犹豫就答应了。

何小妹一惊，刚想说"你真是个好人，不对，好仙，我之前觉得你高傲，都是误会你了"，就听到沧澜接道："我以前养过一只仙宠，它也喜欢到处找一些受伤的小伙伴，让我帮忙治疗，要是我不理它，它还会蹭在我脚边撒娇……"

沧澜的语气里带着怀念和淡淡的伤感，何小妹本来对他将自己类比成仙宠有些不满，但听到他暗藏的难过，又心有不忍，而且跟沧澜相处了一段时间，她发现他也没表面看起来那么不可接近，于是……

"你干吗？"沧澜看了眼将额头往自己手臂上蹭的何小妹，冷冷问道。

"呃……安慰你啊……"何小妹一脸同情，"我不可能像你以前的仙宠那样在你脚边……所以只能换个地方了……"

他真的很想一巴掌拍死她！

淡淡的忧伤一挥而散，沧澜推开何小妹，看着她被蹭成鸡窝的头发，突然心情大好，给了她一枚丹药，说放在给何父的药里，让他一起服下，何父的伤就能很快好起来。

对此，何小妹疑惑，说为什么不咻地一下就让他爹好起来。

沧澜再次忍住想一巴掌拍死她的冲动，回答道："你以为别人都像你那么傻啊？咻地一下就好起来了，不会让人起疑吗？"

何小妹点头赞同。

一段闹心事后，实验终于开始。沧澜在何小妹身上点了几个大穴，想查探她体内的黑色粉末是否还在，然而得到的结果同他的一样——黑色粉末早已消失得无影无踪了。

可是看了眼何小妹憋得通红的脸，他又有些疑惑，难道有效果？

"你没事吧？"他试探性地问。

"没，没什么……"何小妹吞吞吐吐地说，"我，我就是怕痒……你放心，我一定不会笑出来的，我还憋得住……噗……憋得住……"

沧澜再次冒出想一掌拍死她的冲动。

点穴方法失败，两人又开始尝试药疗。

眼见何小妹服下仙药后，沧澜问道："有没有感觉不适？"

何小妹如实回答："没有，好像还挺好吃的。"

他觉得自己已经习惯了。

折腾了一阵后，沧澜觉得最好的办法还是查明黑熊妖的目的。像黑熊妖这种低级的妖怪，根本不可能有连他都探查不出来的药粉。

另一边，何小妹则想起沧澜仙宠的事。她越发觉得沧澜不像表面上那么不近人情，而且听他暗藏的悲伤之意，何小妹又觉得，原来仙人也并非小人书里说的那么无忧无虑。

这是个有故事的男人……于是她也开始帮着想办法。

"我想到了！"何小妹忽然大叫，"我知道怎么解除限制了！"

沧澜怀疑地看了她一眼，问道："什么办法？"

何小妹正襟危坐，满脸兴奋道："既然是我限制了你，那要是我不存在了，这个限制就会消失吧？"

"话是这么说没错。"沧澜表情怪异地望向她，"不过，你这是要我杀了你吗？"

对哦，她这不是在主动要求沧澜杀了她吗？

"当我没说，当我没说……"

沧澜盯着何小妹看了一会儿，怀疑她有没有脑子。

气氛再次沉默了下来，直到一个尖锐的女声响起。

"何小妹，小妹，你在家吗？"

"李春花？"听到这声音，何小妹疑惑道，"她来干什么？"

屋内就她和沧澜两人，沧澜当然不可能回答她这个问题。

为了不打扰何父休息，何小妹只好不情愿地迎了出去——门外站的正是李春花，以及陆晓晓。

两人不请自来，何小妹十分不满，同时也觉得她们登门造访肯定没好事。李春花就不用说了，一副小人嘴脸，至于陆晓晓，昨日已领教她为人的两面三刀了，实是阴险毒辣。

"你们找我有什么事？"何小妹语气不快地问道。

沧澜是跟着何小妹一起出来的，打他出现后，李春花的视线就一直在他身上，眼中的爱慕十分明显，语气也不禁柔和几分，说道："林公子明天在林宅举办美人宴，为了昨日捉弄你的事情道歉，所以叫我们帮忙传个话，邀请你跟你的朋友一起去参加。"

美人宴，顾名思义是邀请镇上的美人参加，何小妹自觉跟"美"字根本挂不上钩，于是拒绝道："我不去。"

李春花闻言，视线转到何小妹身上，见她一副蓬头垢面的样子，越发觉得玷污了她心目中的美男子，立即不屑道："你真以为是邀请你的？也不拿镜子照照你长什么样，你不去没关系，这位公子去就行。"

"沧澜也不去！"何小妹赌气道。

李春花本想反驳她，却被陆晓晓拦下，陆晓晓做出温柔的模样道："小妹，你不是很想嫁出去吗？宴会上有不少出色的公子哥儿呢。"

听她说完，何小妹紧张地望向沧澜，怕他误会自己。不过沧澜倒是一副对现场发生了什么全然不在意的模样。

其实就她个人来说，她并不想嫁，甚至觉得单身也挺好的，只是爹娘着急……

"当然，林公子也是一番好心，虽然他不能与你相守白头，可是为了弥补他对你的伤害，他特意举办这个宴会，其中有一半的原因便是为你物色夫婿。"陆晓晓继续游说，"你也别怪他昨日捉弄你，毕竟是你先欺瞒在先，他只是一时冲动，事后他也很后悔。"

提起这茬，何小妹倒有些不好意思了，全然忘了林域当时和陆晓晓嘲笑她的模样。

陆晓晓见状再接再厉，继续道："林公子想跟你和好，希望你务必参加，至于来不来，哎，你自己决定吧。"

留下一声似惋惜似后悔的叹息，陆晓晓便拉着李春花走了，何小妹也因此陷入了沉思。

她觉得既然能化干戈为玉帛，也挺好的，可是不知如何跟沧澜开口。

"你要去便去。"就在何小妹犹豫挣扎时，沧澜淡然开口道。

何小妹眼睛一亮，小声问道："你不生气吗？"

听到这话，沧澜差点儿被逗乐了。

他生什么气？被捉弄的人又不是他，现在被三言两语哄好的也不是他。真要照他的脾气，早就撸袖子揍人了。他真搞不懂何小妹这脑袋是怎么长的，还有，她这脾气也太不符合她的职业了。

美人宴是在林宅举行，何小妹刚到宅外便听到里面觥筹交错、言笑晏晏的声音。仆人邀请她进去，古色古香的长廊里挂着或娇艳或清新脱俗的美人图。她好奇地环顾四周，美人儿似乎随时都会从画中走出来，然而这些美人儿却没有一个能比得上沧澜。

沧澜真不愧是仙人啊！这些美人儿跟他一比，立刻变得艳俗土气了，果然气质决定一切。

跟在沧澜身旁，何小妹连腰杆都比平时挺得直。

按照原计划，何小妹本来打算跟林域和解后便离开，可是她还没有找到林域，就撞上了苏锦和她的丫鬟红茹。

苏锦打扮得娇俏可人，穿着一身樱色流苏长裙。她经过何小妹身边时淡淡地看了她一眼，轻声提醒道："你不应该来的。"

何小妹对此不解，可还没等她问清楚，苏锦就已经走远了。

对于这个小插曲，何小妹很快就抛诸脑后了，继续寻找林域。期间，沧澜被搭讪多次，何小妹本想做一回"护草使者"，然而……

"公子……"一位娇滴滴的姑娘扭着小蛮腰来到沧澜面前，在快接近沧澜的时候，她假意脚下一崴，想着扑倒在沧澜怀里，然而……

砰的一声巨响后，娇滴滴的姑娘安全着陆，沧澜目不斜视地继续往前走，更惨的是，这姑娘还是脸着地。

何小妹对此咽了咽口水，她本想去拉姑娘一把，谁知那姑娘狠狠瞪了她一眼，那眼神活像是何小妹害得她落到如此境地一般。

好心没好报，何小妹也学着沧澜那不可一世的样子离开了。

只是刚走了没几步，她便发现路人瞧向她的目光都带着幸灾乐祸。她正想问询，却见小院的南面聚集了不少人。此时，人群正中的高台上挂着一幅画，画的内容是一只狗举起前蹄，想要拉住旁边一位如谪仙般高贵的男子的衣角。

不得不说，画这幅画的人画技实在好，这狗脸上的谄媚表情惟妙惟肖。

不过何小妹也看出了其暗喻之意，怪不得苏锦说她不该来。

"何小妹，我是该说你天真，还是该说你傻呢？"奚落挖苦声响起，"你先是欺瞒了林公子，在赏花宴上令他颜面尽失，第二天又带回一绝色男子，简直就是跟他过不去嘛！"说话的不是别人，正是陆晓晓。

何小妹闻言愤愤不平，觉得自己太过天真，她想离开，却被林域示意的人拦住了去路。

要说这林域也是憋了一肚子火，他本以为自己是镇上最优秀、俊朗的男子，可是与何小妹莫名其妙带回的这人相比，他却……总之，他的傲气和自尊都受到了挫伤。

"何姑娘，你能告诉大家这幅画的含义吗？"看着被人群包围的何小妹，林域明知故问道。

闻言，何小妹狠狠地盯着林域，也不怕自己势单力薄，想要不计后果直接揍他一顿，可她前脚还没迈出去，就被沧澜拦下了。

对！她跟沧澜一起来的！

"这幅画画得真丑。"沧澜扫了眼台上的画，冷冷道。

"丑？"林域不高兴，"那不如你来即兴作一幅，让大家过目，如何？"

面对林域的挑衅，沧澜的情绪没有任何起伏，甚至连眼角的余光都没给他，而是淡然道："我作的画，岂能随便给下三烂的人看？"

第二章

Chapter 02

形影不离，出手相助

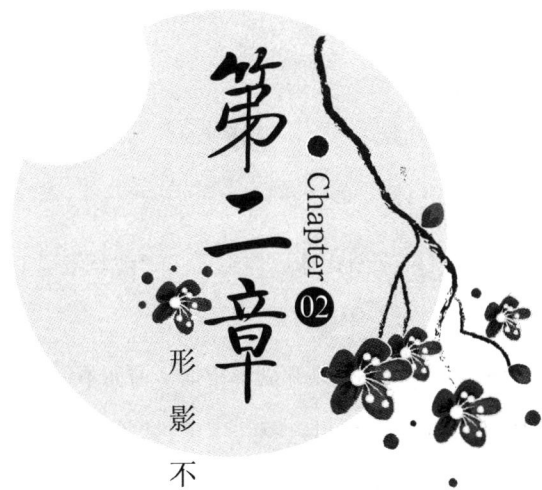

这指桑骂槐的挑衅立刻让林域炸毛了："我倒要看看你有多厉害，来人，上纸笔墨。"

林域的话音落下，沧澜仍是那副泰山崩于前而不倒的表情，可在林域看来，他这就是不将自己放在眼里。

"不如我们加些赌注如何？"他狰狞一笑。

"随便。"沧澜一脸无所谓。

"若你能画出比这里更漂亮的美人图，我便算你赢；如果不能，那么你就当着众人的面给我斟茶认错！"

"奖励呢？"何小妹不满地插嘴道，"要是我们赢了，奖励呢？"

奖励？

听到何小妹的话，林域暗自翻了个白眼。他们怎么可能会赢？这场比赛既没有裁判，又没有判定标准，全凭旁人之言，只要到时候他煽动群众，一口咬定那男子作的画一般，两人势单力薄，肯定会输。

不过他表面上还是应道："那我们以后就井水不犯河水，绝不找你们半点儿麻烦。"

看到林域那副小人得志的模样，何小妹直骂自己眼瞎，当初她怎么会觉得这样的人帅呢？

就在何小妹暗自咒骂林域时，纸笔墨已经准备好了。沧澜看着面前的宣纸，似乎在回味着什么，与此同时，他的眼中流露出了一丝真情，连带冷漠的唇角也渐渐柔化。

这是一个不一样的沧澜——温柔、专注，何小妹不禁看得入迷。

此时被迷倒的不单是何小妹，台下的闺秀小姐们也都露出一副非君不嫁的痴迷样，相反，她们身旁的男伴则恨得牙痒痒。

沉思片刻，沧澜终于提起了笔，开始勾勒。在他的勾勒下，纸上渐渐浮现出一位少女的形象。少女眸如星辰，巧笑嫣婷，身着一袭拖地湖蓝色长裙，伴风轻扬，凝视远方……

"咝——"沧澜收笔时，四周传出一阵吸气声，林域也第一时间凑了上去。

他看过后，觉得画中女人虽非世间最美，却带着一股灵气，让人不禁想伸手触摸。

"胜负已分。"沧澜冷漠的声音响起，拉回林域飞到天外的思绪。

林域干咳两声，没有说话，只觉得脸颊烧得厉害。

真是太丢脸了！

"没想到沧澜公子的画技如此了得，在下甘拜下风，过去的事情我们就一笔勾销吧。"良久，林域开口道，然后派人去收桌上的画。

"我可没说要给你。"沧澜抢先一步拿在手上，在众目睽睽下，将毛笔用成了刀剑，将画割成了碎片。

见到沧澜露出这一手，原本要强势夺下画卷的林域愣住了，周围的男宾客也愣住了。唯一疯狂的只有女眷们，她们将沧澜围得密不透风，还顺便把何小妹挤了出去。

何小妹正在想画上的女子是沧澜心上人的可能性有多大，一个没注意，跌倒在地。

她滑稽的表现惹笑不少人，何小妹有些恼怒，心想刚刚到底是谁推她，有本事站出来吃她一拳，突然，一双骨节分明的手伸到她眼前。

"待会儿你能否在林域身旁制造混乱？"沧澜将何小妹扶起，凑到她耳旁道。

温热的气息拂过耳旁，扰得人心里痒痒的，何小妹还没来得及问为什么，就被沧澜轻轻推向了林域。因为没有站稳，她将林域扑倒在地，让林域尝试了一把狗啃泥。

林域恼羞成怒，当即要挣脱，可何小妹记着沧澜的任务，情急之下干脆拦腰抱住他。

"何小妹！你快放手！"林域挣脱不开，气急之下大声呵斥道。

"不放！"何小妹说着，手上更紧了。

林域的脸色一变，只觉得自己刚才喝的酒水都要被挤出来了。

慢慢地，周围的人也意识到不妥，准备拉开两人，可沧澜先了一步，问道："林公子，你没事吧？"

没事？你倒是来试试啊！林域想大骂，但想起沧澜的手段，他只得苦哈哈地摇摇头。

"林公子，我刚刚没站稳，推倒了你，真是抱歉。"何小妹也假装歉意地说道。

林域皮笑肉不笑地回答："既然何姑娘如此'弱不禁风'，何不早些回家休息？"他这话，逐客之意十分明显。

何小妹听后倒是万分乐意，她早就想回去了，不过鉴于刚才沧澜的要求，她不确定沧澜是否还想留下，于是偷瞄了对方一眼。

"林公子真是体贴，那我们先行离去了。"沧澜一眼看穿何小妹的心思，两人连衣袖都没挥就潇洒地离开了。

"你刚才为什么要我撞林域啊？"出了林宅后，何小妹不解地凑到沧澜面前问道。

沧澜看了她一眼，从怀里掏出一块玉佩，正是林域身上所佩戴的："这东西会害人，拿走它对林域比较好。"

何小妹看着沧澜手里的玉佩，表情复杂。不问自取视为贼，虽说他的理由是为了林域好，可她还是觉得不太好。

"沧澜，如果这东西真的会害人，我们可以如实告诉林域，不必……"后面的话何小妹没说完，但沧澜瞬间理解了。

他不解，他这算是做善事，可她的语气像是他做错了一般。若不是这邪物对他来说还有用武之地，他才懒得多管闲事呢。不过看着何小妹那副一本正经的模样，沧澜忽然生出一股挫败感，同时又有些不高兴。

这丫头把他当什么人啊！他可是上仙好吗！

"下次遇到他时，我还他便是。"沧澜有些不自然地开口道。

说完，他有些讶异于自己的"主动"，但是何小妹轻舒一口气，似是放心了。

沧澜这下感觉更不好了，他觉得自己像是做错事乖乖向大人保证的小朋友。

"对了，这个到底是什么？难道是法宝吗？"何小妹问。

沧澜一边用绢布仔细将玉佩包裹起来，一边回答："这块玉佩里镶嵌的珠子叫返生珠，是由上古邪神的麟角炼制而成，佩戴者轻则情绪不稳，重则失去心智，任人摆布。这邪物本不该落入凡人之手，刚刚一进入宅院，我就感到不妥，没想到竟然是它在作祟。"

其实这件法宝虽是邪物，但也是沧澜正在寻找的物品之一。与它有密切关系的还有"返生镜"。返生镜为"母"，返生珠为"子"，返生镜能操纵返生珠。

当活人有返生珠时，能被操纵使唤，死人有返生珠时，便可被返生镜唤回魂魄，而他正需要它来唤魂。

听完沧澜一番解释后，何小妹总算明白林域的性子为什么如此极端了。不过，与此同时，她又想到了另一件事，问道："所以你帮我解围是为了接近林域？"

"这叫一举两得。"沧澜老实承认，对于何小妹的突然"开窍"，他心中碎碎念道：怎么在这种事情上她反应这么快，其他时候却很迟钝？如果他真的只想取得玉佩，那绝对是轻而易举的事，根本无须如此大费周章。不过他是绝对不会承认的。

唉，果然……何小妹再次黯然，亏她刚刚还那么开心，原来都是她自作多情。

虽说沧澜不想解释，但他见何小妹那副垂头丧气的模样，也心有不忍，当即补充道："不过刚才你的表现也是值得奖励的。"

奖励？何小妹眼睛发亮，瞬间忘掉先前的不快。她那副模样，让沧澜想起自家的仙宠，真是温顺又好哄。

"这是灵符。"他从怀里拿出一个锦囊，虽然是低级符，但对何小妹这样一位凡人来说却足够了，"当你觉得危险的时候便可拆开使用，它能替你挡一次灾祸。"

听完沧澜的介绍，何小妹的眼睛更亮了，满脸神圣地接过锦囊，再小心翼翼放进怀里，末了，又再三确认它有没有老老实实待在怀里。

看到何小妹这样，沧澜很想说，他这符并没有自带"移动"效果，锦囊也是普通的锦囊，不会修炼成精跑走的。

离开林宅后，天色还早，沧澜并没有忘记来清平镇的目的，他看着何小妹道："我要上山去找赤仙草，你待会儿还有什么事情吗？"

"我倒是没什么事……"何小妹摇摇头，对沧澜执着于找赤仙草的行为有些担忧，"这赤仙草只是个传说……"

"这世上没有空穴来风的事。"沧澜目光坚定，"清平山肯定有赤仙草，而且我一定要找到它。"

他曾在师兄莫澜那里取得过一本古药书——《仙草集》，上面记载了赤仙草的生长位置，确实在清平山没错。

何小妹见沧澜执意而行，只好跟他一起前往。毕竟她不在的话，沧澜的法术就用不了，万一他再遇到黑熊怎么办？

两人一路往山里走去，期间，沧澜拿出《仙草集》，参考上面的记载：赤仙草喜阴喜湿，形状如睡莲，通体雪白无垢，入药有返生筑魂的功效。

何小妹见他突然变出一本书，好奇得不得了，围着他一个劲地打转。

说实话，跟沧澜相处到现在，何小妹对他一直没有那种对仙人该有的敬畏之意，因为沧澜的长相实在太容易让人忽略他的身份了。

"你知道山上有深潭或者瀑布吗？"阻止了何小妹像苍蝇一样围着自己打转，沧澜问道。无奈，他对清平山实在不熟。

听到沧澜的话，何小妹想了想，说道："清平山里有一个小瀑布。"

"在哪儿？"

"就在山的西面。"何小妹伸手指了指，"我去过很多次，但是并没有发现什么。"

"要是这么容易就被发现，那还叫赤仙草吗？"沧澜毫不留情地打击道，末了，还补上一句，"尤其是你。"

呃，他这是在讽刺她吧。

西边的路不好走，途中荆棘藤条多。何小妹指路，沧澜用仙法开路……没错，是用仙法开路，大概沧澜自己也没想到，有一天他竟然会这么用自己的仙法。不过这样一来，两人倒是很快就到了小瀑布。只是看着眼前的"小瀑布"，沧澜觉得整个人都不好了……

这也叫小瀑布？这明明是小溪流！

本是从高处往下的激流变成了潺潺溪水沿着陡壁往下流，浅浅的水只能没过脚踝。

"咦，怎么干涸了？"何小妹跑到瀑布边，石块上还有被晒干的青苔，估摸着也就是这几天发生的变化，"以前这里真有一个瀑布，水流也蛮急的啊。"

听到何小妹的话，沧澜不禁皱眉，环顾四周的变化。

生长在小瀑布旁的树木尾梢的叶子变得枯黄，根部也开始萎缩，四周的草地枯黄一片，动物们早就远远撤离了这里，只在远处观望。

小瀑布的变化让何小妹觉得有些森然，似是被影响，她怯怯地跑回沧澜身旁。突然，一阵狂风吹过，何小妹倒是没什么感觉，但沧澜从中捕获到了一丝妖气，整个人的气势瞬间发生变化。

难道这里除了熊妖，还有其他妖怪出没？

"怎么了？"虽说何小妹感觉不到妖气，但沧澜的变化她还是能感觉到的，于是小声问道。

"有妖气。"沧澜简短地回答。

何小妹瞪大眼，四处张望，还捡了块石头握在手里。

看着她手里的石头，沧澜无语。

树叶无风而动，变故突生，一团黑色的雾气渐渐凝聚，笼罩在两人头顶。

沧澜第一时间拉着何小妹飞速后退，躲开了浓雾，可他们背后还有一群黑虫伺机而动。在腹背受敌的危急关头，沧澜双指并拢，默念咒语，瞬间一道光芒穿透黑雾。在黑雾再次聚拢前，沧澜搂着何小妹飞身而出。

何小妹被眼前一系列变故惊得目瞪口呆。她之前之所以不惧怕黑熊妖，是因为至少黑熊妖还是她所熟悉的模样，但是此刻的黑雾和黑虫却是她从未见过的，而且两者速度十分快。

"沧澜，它们追上来了！"闪躲中，何小妹回头看了一眼。

沧澜闻言，再次加快了飞行速度。

不过这样下去并非长久之计，它们如此密集，用火烧的话会祸及整个树林，用风虽可吹散，但它们仍会再聚，那么剩下的就只能用水了。

快速分析完眼前的情况，并得出结论后，沧澜拿出雨符，与此同时，何小妹在旁急得大叫："嗷！沧澜，刚刚有一只黑虫爬到我腿上咬了我一口！"

何小妹话音刚落，沧澜的咒语也念完了，一阵暴雨急剧降落，如意料中将黑虫打散，黑雾也渐渐散去。

果然这些东西怕水，瀑布的水便极有可能是被幕后黑手截断，可是对方那么做的目的是什么呢？这个黑手到底是谁？

沧澜陷入了沉思，他没有注意到平时聒噪的何小妹此时变得十分安静。直到两人回到地面，他想放开何小妹，何小妹却软软地往前倒去，似乎陷入了昏迷状态。

"何小妹！"沧澜蹲下身叫道，可无论他怎么叫唤，何小妹也没有醒过来。

"神仙姐姐，你这么美，要带我去哪里啊？"何小妹梦呓道。

"何小妹，你醒醒！"沧澜轻轻拍了拍何小妹的脸，话音落下，他猛然想起她先前说自己被黑虫咬了，难道那虫有毒？

思及此，沧澜拿出解毒丹给何小妹服下，过了好一会儿，何小妹才缓缓醒过来。

"你怎么把我叫醒了……"她揉了揉眼睛，迷迷糊糊道。

"你中毒了。"

"啊……"何小妹的声音里似乎带着一丝遗憾，"我刚刚梦到一个神仙姐姐，她抱着一株好美的花，正准备给我呢。"

"花？"沧澜敏感地捕捉到重点，"什么花？"

何小妹一边回忆一边感叹道："那花长得雪白雪白的，似乎还透着荧光……"

雪白的花瓣透着荧光！沧澜心头一震，立马翻开《仙草集》，指着赤仙草的插图给何小妹看。

何小妹看完，瞪大了眼睛，惊讶道："就是它！"

虽然沧澜不知道为什么何小妹昏过去后会看到赤仙草，可现在既然有线索，他当然要抓牢。他再次问道："除了见到赤仙草，你还看到了什么？"

"嗯……"何小妹的脑袋一摇一晃的，在沧澜耐心尽失时，她恍然大悟道，"对了对了！我还记得四周十分阴暗、寒冷，就像在地窖一样！"

像在地窖一样？沧澜想了想，说道："跟地窖相仿的说不定是山洞。"

说完，他又将目光投向何小妹，用眼神询问"清平山哪里有洞穴"。

何小妹果然不负众望，不一会儿就想到了符合要求的地方。

"山洞倒是有一个。"她吞吞吐吐道，"不过我觉得那里更像是魔窟。据说那里埋藏着很多无名尸骨，也荒芜了很久。这么美的花，怎么可能生长在那种地方……"

照何小妹的描述，这个地方听起来确实十分值得怀疑，但沧澜没有丝毫犹豫就带着何小妹往山洞飞去了。

只是到了山洞口，她死死拖着沧澜，整个人往后坠，死活不想进去，并且还试图劝阻沧澜："沧澜，这个地方很邪门的，据说山洞里面住着吃人的妖怪！"

对此，沧澜嗤之以鼻，恨不得放出百八十个仙法，用事实告诉何小妹：就算有妖怪，难道他是普通凡人吗？有他在，她有什么好怕的？

"你不去也得去。"手上微微用力，沧澜拽着何小妹往山洞走去。何小妹反抗无能，只好亦步亦趋地跟在沧澜身后。

山洞位置十分隐秘，稍不注意便会被忽略。何小妹对它心有恐惧，且听了不少关于它的恐怖传说，怕得紧紧拽着沧澜的衣服，如果这件衣服不是仙器，沧澜毫不怀疑它会被何小妹拽出一个大洞。

洞穴昏暗阴湿，两人一路往里去，脚下是潮湿的泥土，两旁挂满蔓条，周围没有任何活物，哪怕一只小虫子。

沧澜拿出一颗夜明珠照明，半个时辰后，仍然没有到达尽头。何小妹朝身后望了望，入眼的只有无尽的黑暗，她心中一惊，咽了咽口水，整个人几乎贴到沧澜身上。

对于何小妹的靠近，沧澜有一瞬间僵硬，他本想推开她，但最终还是默认了她的行为。他对自己说，何小妹是为了帮自己，他这是应该的。

不知走了多久，前方隐隐约约传来类似巨兽的吼叫声，在山洞里久久回荡，何小妹不禁打了个寒战。

虽然传闻十有八九不是真的，可是剩下的一成足以让人胆战心惊。

"那……那是什么声音啊？"何小妹小声问道，同时也生怕沧澜回答说他没听见。

感觉出何小妹的害怕，沧澜坚定地回答："没事，有我。"

短短四个字，像是穿透黑暗的亮光，不知道为什么，何小妹突然感到前所未有的安心，她小声"嗯"了一声，稍稍松开拽得死紧的手。

两人继续往前走，等走到一处平地后，他们再次清楚地听到了巨兽的低吼声。非老虎、狮子一类，光听声音就能猜到它的体形不小。何小妹再次怕了，而沧澜却在心中窃喜，觉得肯定猜中了地方。

终于，他们到达了尽头。眼前是一处寒潭，潭水中央赫然漂浮着一朵洁白无瑕的花。

"赤仙草！"看到花，沧澜大喜，即刻飞身去取。

但是就在他即将碰到赤仙草的时候，寒潭中突然冒出一条长长的鞭子，并朝他袭来。为了躲避，他只好再次返回岸边，同一时间，"鞭子"也现出了原形。

那是一头巨大的怪兽，宽颚獠牙，似乎一张嘴便能吞下一人。它头有独角，身披鳞片，尾如巨蛇，能横扫千军。面对这样的巨兽，沧澜也不禁皱了皱眉头。

《仙草集》里并没有记载赤仙草的附近有守护兽，这个突然冒出来的家伙到底是什么？

"妖……妖怪……"何小妹结结巴巴道，"果然有吃人的妖怪……"

"你怎么知道它吃人？"沧澜问。

"因为它嘴大牙好……"何小妹回答。

这是在夸奖它吗？

没有理会两人的交谈，巨兽发出怒吼，猛地冲向沧澜。沧澜一把将何小妹推到远处，发动火咒，企图逼退它。

可是火烧对它不起作用，它穿过火墙，尖角捅了过来，沧澜往后一跃，惊险避开。

何小妹在旁看着，嘴巴张大得可以吞下一个鸡蛋，要不是同样"身陷险境"，她都恨不得搬个小板凳，再拿包瓜子，拍手叫好了。

一番打斗后，沧澜放弃符咒，掏出捆妖绳试图将巨兽绑起来，可巨兽看似笨重，实则灵活，捆妖绳并没有捆住它。沧澜与它一番争斗后，竟逐渐落入下风。

这下糟了！何小妹在一旁看得焦急，而巨兽也不耐烦地大吼一声，然后张大了嘴，结出一个冰球甩向沧澜。

沧澜躲开这个冰球是不成问题的，可问题是他身后还有何小妹。看着迎面而来的冰球，何小妹吓蒙了，完全忘记了躲避。沧澜见状，立刻杀了一个回马枪，提起何小妹一把扔了出去，自己硬生生挡下了冰球的攻击。

"沧澜！"何小妹担心地大叫，"你没事吧？"

"没事。"抖落身上的雪块，沧澜语气平淡地回答。抬头间，他似乎看到巨兽得意一笑。

难道这巨兽有思想？

沧澜傲然睥睨着巨兽，白衣飘飘，仙风道骨，而何小妹却腿软得几乎站不稳。想起刚才惊险的一幕，若不是沧澜舍身相救，那么一个冰球砸到她身上，她必死无疑。于是在感动之际，她又对沧澜多了些莫名的心动，以及发自内心的倾慕。

何小妹暗暗起誓，她绝对不能再拖后腿，一定要好好躲起来！

沧澜与巨兽斗得激烈，何小妹也躲得费劲，渐渐地，她发现巨兽似乎并不会伤害她，想了想，她悄悄绕到山洞边缘，想找准时机帮沧澜一把。然而就在此时，一个更大的惊喜正朝她砸来。

天啊！赤仙草竟然慢慢朝她飘来了！矇眬中，她仿佛又见到神仙姐姐朝她低头浅笑……

"小心！"就在她准备伸手去接赤仙草时，突然听到沧澜的喊声。

何小妹闻言猛然惊醒，终于看清眼前的画面。

赤仙草虽然近在咫尺，可是离她更近的还有巨兽的血盆大口。

情急之下，沧澜拔出仙剑"天琅"，急速朝巨兽劈去。巨兽被击中，满地打滚，溅起的潭水染上它的鲜血，何小妹趁机捞起赤仙草。

不知道为什么，何小妹似乎在巨兽眼中看到了挣扎之色。

天琅剑一出，沧澜实力大增。其实，若不是到了逼不得已的时候，他实在不想使用天琅，因为此剑一出，极有可能让莫澜师兄知道他的行踪，从而阻拦他复活霓月。

身受重伤的巨兽毫无反手之力，赤仙草也落入他们手中。眼见沧澜想斩草除根，何小妹连忙阻止道："能不杀它吗？它不过是尽忠职守而已。"

沧澜看了何小妹一眼，静思片刻，点点头，转身离开，结果他们刚走几步，四周便一阵地动山摇。

"敌袭？"何小妹大惊。

沧澜摇摇头，解释道："赤仙草被拿，山洞要塌陷了。"说完，他拉起何小妹往外飞去。

离开之际，何小妹回头望了一眼，混乱中，她似乎看到一个俊美的男子……

沧澜使用仙法筑起防护罩，两人不一会儿便平安到达洞口。

此时，夜幕已经降临，刚刚经历了一番搏斗，两人都累得不想动弹，于

第二章 Chapter 02
形影不离，出手相助

是躺在了草地上。

"沧澜，你仙法这么厉害，为什么一定要取赤仙草？这世上还有你做不到的事情吗？"望着满天的繁星，何小妹轻声问道。

"仙人也有很多做不到的事情。"沧澜回答。

他脸上的忧伤掩藏在夜色中，可何小妹能真真切切地感受到，她突然想起他作画时眼里流露出的温情。

"在美人宴上，你画的那个……是你的心上人吗？"

"嗯。"

"那她现在在哪里？"

回应何小妹的是一阵沉默，直到她睡着了，沧澜也没有回答。

第二天清早，两人是被虫子吵醒的，而吵醒他们的虫子正是昨天的黑虫。

看了眼嘴角明显有可疑水渍的何小妹，沧澜似乎噎了一下，然后一把拎起她飞速离开。

"飞"这项娱乐活动是仙人的日常，是凡人的向往，昨天刚体验时何小妹吓得整个人像树懒一样趴在了沧澜身上——别问沧澜当时的心情是什么样，他不想回答。而现在，何小妹已经可以一边飞一边听着沧澜和黑虫的打斗声安然入睡了。

所以说，人的潜力是无限的。

有了昨日的战斗经验，这次沧澜很快就摆脱了黑虫，随后他又到几个地方查视了一番。

沧澜昨夜寻思了一晚，对于黑雾与黑虫的出现有了大致的想法，现在经过一番探查后，又掌握了一些证据，现在，他总算明白了这些东西的由来。

"你看出什么了吗？"结合沧澜一系列的行为，何小妹猜出了什么，问道。

沧澜点点头。

何小妹睁大眼，等着沧澜说下去，却没想到他再也没开口。

哎，话说一半逼死强迫症啊！

"然后呢？然后呢？"她着急地追问。

沧澜斜视了她一眼，轻声道："强迫症是病，得治。"

何小妹觉得膝盖中了一箭。

总之，到最后沧澜也没告诉何小妹他发现了什么，不是恶趣味，而是这种事情是何小妹担心不来的。

其实，他们之前所遇到的是一个阵法，而懂得这个阵法的人寥寥无几，他认识的人中便有一个，想起这个人，沧澜不禁蹙起眉头。

看来他的行踪早已暴露。

两人快步下山，何小妹忧心地看着一脸不悦的沧澜，心想他该不会是在生她的气吧，可是睡眠质量太好也不能怪她啊……

"我平时一叫就醒的，可能是昨天太累了，所以赖床了。"何小妹忸怩地解释道。

听了这话，沧澜有片刻呆滞，随后问道："所以呢？"她到底想表达些什么？

何小妹闻言一顿，犹豫半晌，闭眼大叫道："所以请你忘记我刚刚的丑态吧！"

沧澜被她悲壮的表情逗乐了："比起你的丑态，我更想知道你什么时候美过。"

何小妹深受打击，耷拉着肩膀，选择了沉默。

从山上下来回何家得经过集市，路过集市时，何小妹觉察到不少异样的目光，甚至还有对她指指点点的。她不禁皱眉，谁又在背后暗算她？与之相比，也不幸沦为被议论人之一的沧澜则显得淡定多了，似乎完全不在意。

何小妹想起他跟巨兽打斗的模样，深刻理解到一句话：在绝对的实力面前，所有阴谋诡计都是纸老虎。

哼，有本事撸起袖子上来干啊！

两人回到何家时，何家二老正严肃地坐在厅堂等待，何小妹见此阵势，有些胆怯，毕竟夜不归宿是很大的罪名。

可沧澜并没有顾虑，他跟何家二老点头打过招呼后便准备回房。何父见他的态度如此嚣张，心生不满，情急之下把他喊住："你们没有什么要交代的吗？"

他今早一出门便听到何小妹不知检点与外来男子沧澜夜不归宿的流言，虽说他比较开明，并不反对两人在一起，但沧澜如此优秀，他怕对方没有相守一生的念头，只是玩玩而已，最后只会害苦了自家女儿。

沧澜皱眉，他的行踪并不需要与任何人交代，可是看在何家人提供住宿的分上，还是勉为其难地答道："昨日我们上山了，所以今天才回来。"中间发生的事选择性省略。

听到沧澜的回答，何父有些不高兴，他觉得自己听到的流言都比这个当事人提供的信息完整。

"那你们在山上做了什么？"何母没多想，继续追根究底。

一直躲在门后的何小妹听到这里十分尴尬，感觉这阵势跟审女婿一样。与此同时，沧澜挥剑斩杀巨兽的画面再次跳进脑海，她打了个寒战，立刻跳出来解释道："我们昨天在山上迷路了，今天好不容易回来，爹，娘，我跟沧澜并不是你们想象的那种关系。"

"可是外面传得非常……非常……"

何父话说到一半，实在找不到合适的词语，何母便接上他的话道："非常不堪。"

何小妹无奈，叹了口气，为了保护沧澜……哦，不对，为了保护他们一家人，她说起自己跟林域的纠葛。

"昨天沧澜赢了他，估计他觉得没面子，所以故意派人传这种不实的消息。"何小妹说道。

"那人的品行也太差劲了。"何父感叹道。

"都怪我！"何母接话道，"要不是我自以为是找来这门亲事，小妹也不会受这么多委屈……"说着，何母的眼泪要掉下来了。

虽说她女儿是奇怪了点儿，但怎么说也是她的心头肉啊！

"其实这也不是件坏事。"何小妹立即安慰道，"至少我因此认识了沧澜。"说着，她瞥了一眼身旁的沧澜。

何家二老闻言互看一眼，眼中的担忧不言而喻，怕沧澜是第二个林域。

不过赶在他们开口前，何小妹主动将沧澜的身份和盘托出："其实沧澜是仙人，借此机会，我正想拜沧澜为师，学习仙法。"

"仙人？"何家二老听到这话，顿时瞪大了眼。

等等，这不对啊，怎么突然从顽强少女抵抗恶霸变成了修仙拜师啊？

听到何小妹的话，沧澜也望向了她。

他如墨般的眸望着何小妹，而望着他的则是何家一家三口带着惊喜、胆怯又期盼的眼神。

怎么回事？突然觉得压力好大。

"不行吗？"何小妹小心翼翼地问，何家二老虽然没开口，但也是这么个意思。

本来何小妹是不打算交代沧澜的身份的，但她要是不好好解释清楚，爹娘的念叨又让她受不了。

沧澜微顿，漫不经心地答道："随便你。"反正他才不收这么笨的徒弟。

没有听出沧澜话里的敷衍，何小妹开心极了，像是忽然想起什么似的，赶紧从怀里拿出一个东西，欣喜道："爹，这是沧澜给我的仙丹，你吃下去脚伤就能好了。"

"叫什么沧澜呢！"何父敲了敲何小妹的头，"叫仙人！"

"对！叫仙人！"何母附和道。

"可是你们刚才还想教训他呢……"耿直的何小妹说道。

何家二老默默地看了沧澜一眼。

沧澜被这莫名的压力弄得难以集中精神，摆摆手道："无碍，就叫沧澜也无妨。"

"小澜真是个好人啊！"何家二老立马变脸。

对于这个自创的称呼，沧澜已经不想说什么，反正赤仙草已经拿到，他也准备离开，他们开心就好。

不过话说回来，他跟何小妹两人不能相隔超过三米这个禁锢，还是得尽快解决才行。

次日，两人收拾好行李准备上路时，家里来了一位不速之客。

"何小妹，沧澜，你们赶紧给我出来！"林域满身怒气地带着手下来到何家，毫不客气地大吼道。

何小妹心里咯噔一下，难道沧澜偷玉佩的事情被发现了？

此时何父何母都不在家，出去后，何小妹有些心虚道："昨天你答应过再也不找我们麻烦了。"

林域愤怒道："我虽有承诺，可你们破坏诺言在先，偷了我的玉佩。"不像昨天的胆怯，林域似是有人撑腰般极为嚣张。

当然，对于林域的话，何小妹也无法反驳。沧澜的确偷了他的玉佩，想必是有人亲眼看到，他才如此嚣张地上门闹事。

紧跟何小妹之后，沧澜也气定神闲地走了出来，他看了一眼林域，然后继续研究《仙草集》。

何小妹觉得，家里养了一尊大神，心好累。

"你先别生气，这是个误会。"不同于沧澜，何小妹主动上前解释。

林域闻言冷笑一声，一位胖圆的男子随即从他身后走出——何小妹记得，这位男子是参加美人宴的宾客之一。

"李公子亲眼所见，我的玉佩就是他偷的。"林域指了指胖圆的李公子，又指了指沧澜。

这块玉佩是他从沈惜那里千金求来的，佩戴后可财运亨通，生意兴隆，

美人成群……简而言之，就是如鱼得水。

当然，只有李公子的指认，他还不敢带人来堵沧澜，后来还是沈惜再次来访，得知他的玉佩丢后，赠了他另一样法宝，说是可以助他寻得玉佩。

证据确凿，何小妹无从反驳，只好低声道："我们并不是偷的，我们是一番好意，这块玉佩是不祥之物，佩戴的人性情会大变，不是凡人该拥有的。"

"什么不是凡人该拥有的，难道你还是仙人不成？"这话林域听得十分不是滋味，他嘲讽道，"别找借口了，赶快还我！"

听到林域的话，沧澜瞟了他一眼，还没说话，何小妹就抢先道："这不是借口！你要是再戴那个玉佩，时间一久，会失去心智，从而癫狂的！"

好险！看沧澜刚才那样，他该不会想动手吧？

被何小妹想象成杀神的沧澜沉默不语。

"你胡言乱语什么啊。"林域反感道。那可是他花大价钱买来的，而且还很灵呢！

"我说你这个人怎么这么不知好歹呢？"何小妹也不满道。

"我是生是死关你什么事啊！"林域反驳。

"你……"

"好了，既然你不怕，还你便是。"沧澜打断何小妹的话。

他实在不想听这两人啰唆。不过这话在何小妹看来却是对自己的维护，顿时心底冒出一些粉红泡泡。

两人停止争吵后，沧澜站起身，伸手往袖口里摸去，但是……

"别告诉我你弄丢了。"眼见沧澜摸了半天也没摸出个什么，林域讽刺地说道。

沧澜眉头微皱，没有回答，因为林域确实说对了。

奇怪？他明明放在这里的，难道是在洞穴与巨兽打斗时不小心掉了？

何小妹见状也着急，情急之下卖力地拉扯着沧澜的衣服找返生珠。要不是这是件仙衣，后果简直不堪设想。

"玉佩呢？"见两人翻了半天，林域双手环胸催促道。

"呃，这个嘛……"何小妹吞吞吐吐。

沧澜却十分淡定地回答："掉了。"

林域只想呵呵两声。

"我就知道你们会使诈，幸好我早有准备！"说完，他得意地从怀里拿出一面雕刻着古老花式的镜子，沧澜一看便知道这是返生镜。

说实话，林域有返生珠他不惊讶，因为林域喜财，而返生珠则是最有效的法宝，可如果他还有返生镜的话，那意义就大不同了。

返生珠有千千万，返生镜却只有一面。

返生镜的作用主要是用来控制灵魂，而返生珠和返生镜的子母关系则使得拿返生珠的人必须听命于拿返生镜的人，直到返生镜的主人主动解除控制为止。

"有了这个，我看你们还怎么狡辩。"林域说完，开始念起沈惜教他的咒语。

念咒语时，林域一直盯着沧澜，眼中的幸灾乐祸显而易见，但是随着时间慢慢过去，他愣住了。

为什么没有用啊？不是说很厉害的吗？

就在他疑惑间，返生镜有反应了，镜里突然映出一个美得人神共愤的紫衣男子。

他微挑的凤眼如春日般明媚，金色的眸如幽潭，棱角分明的五官则犹如刀刻一般，他薄唇微微上挑，扬着一抹似有似无的慵懒笑意。

沈惜曾跟林域说过，出现在镜中之人便是他可操纵之人，可这人是谁？

何小妹早已把心提起来等着林域放大招，可到头来只见他愣愣地看着镜子并没任何动作，便不解地问："林公子，你没事吧？"

对于何小妹的话，林域没回答，因为他的注意力都被镜子里那人吸引去了。

"林公子，玉佩我们会还你的，但是你要给我们几天时间找找。"何小妹继续道，但她话还没说完，就见林域抱着返生镜，一头往旁边的木柱上撞去，顿时鲜血流了出来。

"啊！"何小妹吓得大叫一声，这一叫也把林域叫醒了。

林域头痛欲裂，想起自己刚才似是被人操纵的感觉，顿时对何小妹心生感激。

幸亏她唤醒了自己。

"我们家的木柱脏了！"何小妹指着沾有林域血的木柱叫道。

林域突然觉得心好累。

"不用找了，珠子在这里。"突然，一个陌生的男声响起，听起来十分嚣张。

众人循声望去，一位身穿紫衣的男子正站在林域身后。

看见紫衣男，林域吓得跑到了何小妹和沧澜旁边——不过他也不敢靠得太近。

喂，林公子，你这反应不太对啊……

何小妹默默道，不过，她怎么觉得紫衣男有些眼熟呢？

"这颗珠子是谁给你的？"玩弄着掌中的返生珠，紫衣男居高临下地看着林域问道。

"沈……沈惜卖给我的！"林域轻易就出卖了队友。

"沈惜是谁？"紫衣男听后皱眉，似乎对他的答案并不满意。

"这……这我也不知道，反正他很厉害，大概是仙人吧！"

"仙人？"紫衣男对着林域嗅了嗅，"怕是什么妖怪吧？"

"啊？"林域愣住了。

对于紫衣男的话，沧澜的心里也是赞同的，不然他怎么会感觉那玉佩有问题呢？

就在大家各有所思时，何小妹看看这个，再看看那个，然后对紫衣男道："这是我们掉的。"

紫衣男挑眉，没回答。何小妹见状，瞟了瞟他摊开的手心，以及手心上的返生珠，然后跑过去，拿过来，躲到沧澜身后。

何小妹的动作太溜，大家都愣住了。

没经过人同意就拿人手里的东西，还拿得这么理所当然，也不多见啊！

"这个本来就是我们掉的，是林公子的东西，你不应该拿走。"何小妹义正词严道。

"那又如何？这个人心术不正，落入他手中也只会干坏事。"紫衣男嗤之以鼻。

"可就算这样，也是别人的东西啊……"何小妹犹豫不决。

"你也太正直了吧？"紫衣男不可思议。

就在他们争辩时，沧澜终于猜出了紫衣男的身份——他在对方身上感受到了天琅的气息。

"我可不是来找你打架的。"敏锐地察觉到沧澜大概知道了自己的身份，紫衣男率先道，"我只是来查清楚返生珠的主人在哪里。"

开玩笑，剑伤他都还没完全治愈呢，哪有精力跟沧澜交手。

"你不会也想把返生珠还给他吧？"见沧澜没回答，紫衣男接着道，"这人可是打算用控魂术！"

"控魂术？"何小妹插嘴道。说完，她看了眼沧澜，见沧澜一副不甚在意的模样，似是早就知道一般。

"对啊！"紫衣男像是找到观众般，赶紧点头，"拥有返生镜的人可任意操控拥有返生珠的人，你想啊，要是没有我，返生珠在你或者……"紫衣男本想指沧澜，但转念一想，林域要是能控制那个大冰山的话，估计天都要塌了，于是口风一转，"或者漂亮姑娘，或者其他什么人那里，大家不都得任他控制了吗？"

第三章

Chapter 03

霓月好友，前往幽泉

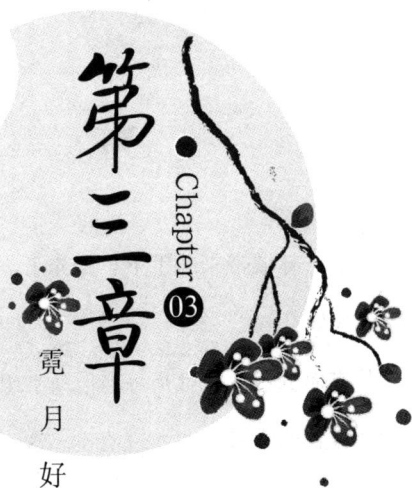

紫衣男出现后，林域带来的手下早跑光了，此刻，他正努力缩着头，试图将存在感降到最低。

没办法，其实他也想跑，可是每当他动了想跑的念头时，紫衣男便半眯着眼睛望向他，警告的意思实在太过明显。这下他算是知道惹了不该惹的人了。

"你说的确实有理……"何小妹想了想围着林域转悠的姑娘，点点头。

"所以啊！"紫衣男一拍手，"我必须带他找到幕后之人，然后拯救苍生。"

"想不到你是个好人。"何小妹感叹道。

这话怎么这么不中听呢？

"什么好人！"看着何小妹眼冒金光的模样，沧澜忍不住打断，"你怕是想找出将你变成巨兽的那人，然后除之而后快吧。"

"你……"

"巨兽！"何小妹和紫衣男的声音同时响起，何小妹又接着说了句"你就是山洞里被沧澜打得趴下的巨兽？我说你怎么这么眼熟呢！"

巨兽我承认，打得趴下我不承认。紫衣男子恨恨想着。

"那是因为我被下了禁咒！"紫衣男咬牙切齿道，"还有，我有名字，我叫凤月！"他这么俊美的长相，怎么能跟巨兽扯在一起呢？

"禁咒？"何小妹疑惑道，"山洞倒塌也是因为禁咒吗？"

"当然啦，那个洞里的一切存在，包括我，都是为了赤仙草而存在。既然赤仙草被你们拿走了，其余的理所当然没有存在必要了。"

哦，原来是这样。

何小妹暗自点头，怪不得她当时从巨兽——也就是被下禁咒的凤月眼里看到了挣扎之色。

"当时我正值升仙渡劫后的虚弱期。"似是憋了许久，不等旁人问起，凤月便恨恨地解释起他的悲惨遭遇，当然，他没忘布上结界，防止他人偷听，林域也被排除在外，"突遇一位法力高强的上仙，我看出他对我不利，便极力反抗。谁知他竟将返生珠偷偷放在我身上，再利用返生镜的操纵，将我变成了守护兽，带来清平山……"

"那你还真是倒霉……"听了凤月一席话，何小妹顿时觉得仙人的世界太复杂，相比之下，林域之前挖坑又算什么。

"所以，我无论如何也要弄清楚这两件东西是如何来的。"凤月说完，撤掉结界，再次把视线转到林域身上，看得林域浑身一抖。

何小妹见他一身戾气，怕他弄出人命，委婉提议："你在这里随便问问就好，问完了他回家也方便。"

林域见状十分配合，拼命点头，信誓旦旦地保证："我一定什么都说，

第三章 Chapter 03
霓月好友，前往幽泉

055

什么都告诉你。"

对于何小妹的好心肠，凤月表示无语。

到底该说她善良还是笨呢？这个叫林域的男人明明是来找她麻烦的，她居然还帮他？

对此，沧澜倒是没什么反应，反正他早习惯何小妹的老好人了。不过，他们都猜错了。

"如果林公子来我家后出了事，官府会来我们家找麻烦的。"何小妹皱着眉头喃喃自语。

"也行。"凤月想了想，点头道。

其实，除了何小妹，他第一眼见到她时也有种熟悉感。这种感觉令他不自觉地想靠近她，也不忍伤害她。正是因为这样，对于沧澜用剑伤他的事，凤月才不太计较。

凤月一步一步逼近林域，林域害怕得瞪圆了眼，直吞口水。沧澜在旁静观不语，觉得林域或许是这一连串事件的突破口。

从被熊妖撒下神秘药粉，到清平山上的诡异阵法，再到返生珠、返生镜的巧合出现，这些事情看似毫无关联，实则暗藏危机。若要将所有事情串联起来，怕都是针对他而来。

"你知道给你这两样法器的人是如何得到它们的吗？"凤月凑到林域眼前问道。

"据……据说是仙人相赠。"林域颤巍巍地回答。

又是仙人？

"那你知道那个仙人的下落吗？"

"这……这我不知道啊！"中间隔着多层关系，他又怎么会知道仙人的去向呢？

"真不知道？"凤月压低声音，带着狠厉。

"大仙明察！我真不知道啊！"

见林域一副快尿裤子的模样，凤月嫌弃地瞟了他一眼，似是打算放过他。

"带我们去见给你法器之人。"沧澜适时插话道。

凤月虽然有些不爽沧澜插手，可这也正是他接下来的计划，便没有说什么。

随两人同去，路上，何小妹看着凤月，好奇道："你之前说有返生镜的人能操纵有返生珠的人，那为什么你没被他操控啊？"说完，她指了指林域。

林域走在三人前面带路，听到何小妹的话，他打了个寒战。

能不能不要再扯到他身上了！

"这个法器使用时有一个条件。"凤月不屑地看了眼林域，"就是操纵者必须比被操纵者强，不然的话，便会被反操控。"

强压着内心的恐惧，林域带众人来到了林宅。昨日宴会的热闹喧嚣过后，此时只剩下一片寂静与疲倦，偌大的宅院里除了微风拂动的沙沙声，便只有仆人低头收拾的低语声。不过就算到了自家，林域也没有大声叫人来帮忙。

身后两人都是仙人，就算来一镇子凡人也没用啊！

几人随林域来到厅堂，一位身穿淡青色长衫的男子正坐在主位上。

"沈……沈惜，快救救我！"比起沧澜和凤月，林域跟沈惜是有过"金钱友谊"的，他当即求救道。

然而沈惜只是瞟了他一眼，并没有理会，神情满是蔑视。

与此同时，沧澜和凤月也感受到了对方身上的妖气。

沧澜不动声色地将何小妹护在身后，凤月也杀意十足。何小妹虽然感受不到什么，但也被两人感染，瞪大眼睛盯着沈惜。

"你们无须如此紧张，我并没有恶意。"沈惜微笑道，"我知道你们有很多疑问，你们尽管问，我一定知无不言、言无不尽。"

"返生镜的事不解释一下吗？"沧澜不客气道。

"不利用返生镜，你怎么会找上门呢？"沈惜的话很有针对性，是对沧澜说的。

"你在找我？"沧澜反问。

"说来话长，喝茶。"端过泡好的毛尖，沈惜笑着将茶递给沧澜，可是沧澜并没有接。何小妹倒是想伸手，但被沧澜瞪了一眼后又缩了回去。至于凤月，他抱着双臂饶有兴味地看着沈惜，想知道他葫芦里卖的什么药。

"既然说来话长，那就长话短说。"沧澜道。

"好吧。"没人捧场，沈惜只好开门见山道，"沧澜，我知道你的事情，你想复活霓月不是吗？"

一提到霓月这个名字，何小妹瞬间便感受到周围的温度下降了好几度。

何小妹不禁黯然，难道这个叫霓月的女人真的是沧澜的心上人吗？

"你到底是谁？"沧澜一字一顿道。

"放心，我并不是来阻止你的，相反，我是来帮你的，我是霓月的朋友。"沈惜不慌不忙地解释。

朋友？沧澜以眼神询问。

"没错，或者说崇拜者。"沈惜说着，拿出一根黑色羽毛。

沧澜见状，眼睛微眯，眼中的情绪似激动，似惊讶，似怀念……

"霓月为魔君，真身乃翼龙，她行事作风光明磊落……也许对于仙人来说，再光明磊落也不入眼。"沈惜说着，无奈地笑了笑，"不过她说一不二，极讲信用的性格还是得到了大批拥护者，这黑羽便是她双翼上的，每次战斗后，多的是崇拜者去战场寻找。"

沈惜的语气带着怀念，眼里也真情流露。凤月觉得，如果他是在演戏，那绝对是影帝级的人物。

作为围观群众，何小妹心里很不是滋味，霓月的崇拜者及其辉煌经历，都让她在感到自卑的同时又羡慕。

之前在林域的事情上她还想着争取，是因为她觉得自己跟周围的姑娘差别并不是太大，各有各的优点，但是到了这里……人家可是魔君啊，还有崇拜者！而且听沈惜形容，还长得那么美，简而言之，她没有的，对方有，她有的，对方也有。

"我一直想着复活她，但是凭我一人之力很难办到，刚好我得知你要前往清平山寻找赤仙草，便借机认识了林域，给他法器以吸引你的注意，引你来这里。”

“那清平山上的事是你做的吗？”

“清平山？”沈惜一脸疑惑。

沧澜看了他一眼，没再追问，转而道：“你为什么不直接找我？”

“你在清平山寻赤仙草的消息仙魔两界早已知晓，在魔界，霓月虽有追随者，但也有反对者，我不知道贸然出现是否会被阻拦，所以只好让你来找我。”沈惜无奈道。

“都已知晓？”沧澜重复了一遍，联想清平山的法阵，眉头紧皱，“那这两样东西你又是从何而来？”

“这两样法宝是莫澜仙尊给我的，他让我转交给你，好助你一臂之力。”

“莫澜师兄……”沧澜喃喃道，“在这件事情上，他确实没阻拦过我……”

“这下你可以相信我了吧。”见沧澜有些走神，沈惜笑道。

沧澜没有直接回答他，仍旧保持戒备，不过没有一开始那么抗拒了。

“其实，我这次来找你还有一个目的。”沈惜继续道，“幽泉之境的开启时间快到了，如果要复活霓月的话，必须要修筑她的肉身，而幽泉之境的息壤便是最佳选择。我前段时间费尽心思得到了其确切位置和开启时间，但无奈我进不去，所以……”

幽泉之境，传说中只有对逝者有强烈羁绊之人才能进入的神秘之境，不同于地府，那里更为诡秘。不过沈惜说得对，如果想要修筑霓月的肉身，必

060

要取得息壤。所以无论危险与否，他一定要去。

"好，我跟你一起去。"这次，沧澜几乎立刻就答应了。

几人说话时，何小妹一直插不上嘴，她也不敢插嘴，只是此刻听到沧澜的回答，忽然有些心酸。

由于药粉的事，他俩算是绑定在一起了，如果他去的话，她就必须跟在身旁。虽然她不知道那个幽泉之境是什么地方，但听名字就知道很危险。而面对这么危险的地方，沧澜考虑过她的意愿吗？

"我……"何小妹怯怯地开口，想表达自己的想法。

"怎么？"沧澜回头看她，"害怕？你不必担心，我会保护你的。再说了，这件事又不需要你去做，到时候你站远点儿就行。"

就这样，何小妹还没来得及说出口的话被沧澜彻底堵住了。

也对，他是为了复活心爱的女人，所以无论遇到什么困境，他都会义无反顾，而她只是个不得不带上的包袱。如果可以的话，他大概也不会愿意带上自己吧。

意见一致，沧澜又跟沈惜约定好时间，便跟何小妹和凤月离开了。

三人离开林宅后，又走出一段路，凤月才对沧澜问道："你相信他的话？"

"信不信又如何？"沧澜把玩着返生镜，若有所思。

看到沧澜不以为然的模样，凤月有些着急："这随便冒出个人说认识霓月，你就信了啊？而且，我怀疑返生镜和返生珠是假的。"

"根据呢？"沧澜问道。

"你还记得，我被下禁咒时被人操控的事吧？其实我见过那家伙，他叫古溪！"

"古溪？"沧澜挑眉，总算拿正眼看凤月了。

在他复活霓月的计划中，古溪最为反对，之前的清平山上的法阵，他就怀疑是出自他之手。

"对！这两件法宝原本是属于古溪的！现在那妖怪又说是你莫澜师兄给的，这也太假了吧！"

"你怎么知道不是莫澜师兄从古溪那里得来的？"沧澜反问。

"拜托！古溪干吗把这东西给你师兄啊？为了让你复活霓月吗？"

沧澜挑眉，看着凤月笑而不语，凤月面露疑惑，随即恍然大悟道："你早就怀疑他了？"

"难道你觉得我比你蠢？"

"喂！"

"他先是莫名其妙将你变成守护兽，而我也不认为他只是为了让你阻拦我才这样做，紧接着又是法阵，以及沈惜的出现……这一切都值得怀疑，不过幽泉之境的事不假，所以无论如何我都要去。"

这次，凤月倒是没再说什么，只是何小妹越发闷闷不乐了。她跟在沧澜身后，心里说不出的难受。

"喂，小包子，你气鼓鼓的样子也太丑了吧？"早就注意到何小妹闷闷不乐，凤月走到她身旁道。

"什么小包子，你才包子呢！"何小妹反驳。

"你看，你这白白圆圆的脸……"凤月说着，直接伸手捏住何小妹的脸往两边扯，"简直跟包子一模一样，而且包子可好吃了。"

"哎哎哎！"何小妹疼得赶紧去拍凤月的手。

见何小妹跳脚，凤月也没有再捉弄她，反而顺着她拍打自己的动作松了手。

"你走开，我们要回家了，别再跟着啦！"揉着被凤月捏红的脸，何小妹气呼呼地瞪了他一眼，见他笑眯眯的模样，简直气不打一处来。

"这样啊……"凤月摇头晃脑道，"相逢亦是缘，不打不相识……"

"说人话。"

"在清平镇我只认识你们两个，这一整天的，我陪你们跑上跑下，难道事成后就想一脚把我踹开吗？"他努力装可爱，然而何小妹并不持这一套，他只好再使苦肉计，"再说了，他认识古溪。"凤月抬了抬下巴，指向走在前方的沧澜，"并且有一定渊源，我只要跟着他，古溪自然会出现，也省得我大海捞针，方便报仇。"

"你这人，长得漂漂亮亮的，怎么内心这么暴力？"

"我这不叫暴力，叫因果循环。"凤月伸出修长的食指晃了晃，"我说你怎么老挑我的刺啊，他不是也挺暴力的吗？"

顺着凤月的话，何小妹的视线落到了沧澜挺拔的背影上。紧接着，她便想起了明天的幽泉之旅，再联想到他们是为了一个女人而去，而这个女人便是沧澜心尖上那位，心情再度一落千丈。

"小包子，你喜欢沧澜。"感受到何小妹的情绪变化，凤月调侃道，在

何小妹回答前又继续说，"我可以帮你，让他也喜欢上你。"

听到这话，何小妹一下脸红了。

"你乱说什么！"她低声道。

"我才没乱说。"凤月挑了挑眉，"我可是火眼金睛！"

为了不让沧澜听到，何小妹和凤月几乎是头挨着头交谈的。本来两大美男走在路上已经够惹人注目了，何小妹这一举动顿时惹来了更多路人停驻围观。

对此，沧澜眉头微皱，侧头睨了凤月一眼，对何小妹说道："天黑之前你不想到家了吗？"

"啊……想。"何小妹连忙道，有种干坏事被抓了的感觉，急忙追上沧澜的步伐。

凤月见状，瞪大了眼，摇摇头，一副恨铁不成钢的表情。

瞧何小妹这痴迷样！人家手都不用招就奔过去了，也太主动了吧！

回到何家，对于又来了一位美男子，何家二老心里咯噔一下后便习惯了。为了避免麻烦，凤月被冠以"沧澜师弟"的身份，哪怕他并不乐意。

这一晚，何小妹跟爹娘聊了整整一夜。对于自家女儿有机会跟仙人修行，他们既表示高兴又表示担心。虽说这是一件荣幸的事，但肯定也是充满了危险。

第二天，何小妹等人一早便跟沈惜在约定好的地方会合了。沈惜招呼大家登上一辆小船模样的飞行法器后，便开始介绍接下来要去的地方。

"幽泉之境乃三途川的入口，每年开启的地点都不同。为了得知其地点，可费了我好一片心力。"顿了顿，沈惜继续讲解，"正如我之前所说，想要进入其中的话，必须对去世之人有极强的思念，而息壤就在其中。"

沈惜说完，意有所指地望向沧澜。沧澜此时双目紧闭，只发出一个低低的"嗯"字。虽说他的回应极短，但明眼人都看得出他话语中暗藏的情绪。

凤月瞟了何小妹一眼。

何小妹低着头，不知在想些什么。

"喂，你没事吧？"他凑过去小声问。

"我能有什么事……"何小妹的声音闷闷的。

凤月噎了一下，心想：你这还叫没事？

"我跟你说啊，我有好多飞行法宝呢，各式各样的，可漂亮啦，这艘破船可没得比。"

"哦。"

他再接再厉道："下次有机会我带你啊！"

"好。"

看来真是受刺激了。

见何小妹实在不想说话，凤月又调头去找沈惜了，问道："沈公子，我看你法力还行，不知师出何处呢？"

"自学成才，你信吗？"忽略"还行"二字，沈惜反问道，"那凤公子又是如何与沧澜和何姑娘认识的？"

"有缘千里来相会。"凤月也回答得高深莫测。至此，两人相视一笑，各自保持沉默。

听到凤月的回答，何小妹总算回过神，忍不住瞟了他一眼。结果凤月立马回了她一个得意的眼神，似是在炫耀他刚才的反应是如何机智。对此，何小妹只想捂脸。

这种优越感是怎么来的？

前往幽泉之境的路程并不远，再加上马车跑得快，日落前几人便赶到了狼月山。

下车后，何小妹本以为会休息一晚，不过沧澜说午夜才是进入幽泉之境的最佳时机，所以他们四人稍作休息后便再次启程，一同前往狼月山的溪涧处。

映着淡黄色的柔和月光，溪涧潺潺流动的溪水似是罩上了一层薄纱，显得美极了，又带着一股静谧、安宁的味道，让人不由得沉下心，产生浓浓的眷恋之情。

何小妹被眼前的美景吸引，不由自主往前迈了一步。

"你若去了，便回不来了。"沧澜一把拉住了她的手臂。

何小妹定了定神，露出疑惑的表情，随即像是想起什么似的，瞪大眼，半张着嘴指向溪水。

她没直接说出口，不过沧澜却懂了，点了点头，这里正是幽泉之境的入口。

夜越来越沉，月亮渐渐被云层遮住，但溪水仍散发着梦幻般的荧光。

"我准备好了。"眼看时间差不多了，沧澜轻声道。

"放心，我会在旁好好守着的。"沈惜回答。

凤月用"黄鼠狼给鸡拜年——不安好心"的眼神瞟了他一眼，不过他完全没当回事。

"那个……那个会不会很危险啊？"此时，憋了一路的何小妹总算开口了。

沧澜此时已经盘腿坐下了，闻言望了她一眼，道："就算有危险，我也要去。"

沧澜说完便闭上了双眼，所以他没看到何小妹失落地垂下了头。

"臭男人，一点儿都不懂得怜香惜玉。"凤月小声抱怨，对沧澜努了努嘴，然后又转向何小妹，轻声道，"小妹，别理他。"

"他说得没错。"何小妹回答，"为了心爱的人，他这样的行为确实让人无话可说。"

"什么狗屁心爱的人。"凤月嗤之以鼻，"魂儿都散了，找不找得回来还是一回事呢……"

"肯定能找回来的！"何小妹赶紧打断道。

凤月一噎，眨着眼，好半天才气呼呼地回答："你是不是傻啊！"

说完，他似是赌气般不再理会何小妹，何小妹则靠着一块大石头，安安静静地坐了下来。

其实何小妹又何尝不知道凤月是在替自己打抱不平呢？可是她也不能为了自己的感情而诅咒别人啊！再说了，她见过那女人的画像，可以说她跟沧澜简直是天生一对，至于她……像林域说的，就是癞蛤蟆想吃天鹅肉。

"幽泉之境里呈现的都是进入之人最深的记忆，如果意志不够坚定，很

可能就被自己的记忆困在里面，再也出不来。"过了一会儿，凤月别扭地开口。

"没有什么办法可以帮他吗？"何小妹担忧道。

"这怎么帮！"凤月撇撇嘴，"那是他的记忆，说不定他这会儿正跟别人你侬我侬呢……"看不得何小妹那副甘愿默默付出的样子，凤月故意道。

何小妹无奈地笑了笑，并没有放在心上。

就在他们讨论期间，凭着对霓月的想念和执着，沧澜的意识渐渐飘远，顺着三途川的指引来到了幽泉之境。

这里没有固定的景象，有的只是人们心中最执着的记忆，所以当他反应过来时，他正站在繁华的集市中。周围熙熙攘攘，然而他一偏头，就看见了快步朝他走来的霓月。

"木头，你怎么来得这么晚？"霓月笑眼弯弯地撒娇道。

沧澜微微垂下头，眼里满是宠溺："是我来晚了，这次你想怎么惩罚我？"

"那我就罚你爱我一生一世。"霓月调皮地眨了眨眼，"你知道吗？这里的赏灯会很出名，还有天下第一美人献琴，我们快去看吧！"

霓月的神情太过真实，沧澜看着看着就失了神，语气也越发温柔："好，从今往后，你想去哪里我都会陪着你。"

"真的？"霓月侧头望向他，精致的脸上露出淡淡的悲伤，"那黄泉呢？"

沧澜闻言微微一怔，眼里载满了伤痛，却仍点点头道："霓月，不怕，我现在就来陪你。"

听到沧澜的回答，霓月放开了牵着他的手，似是在等他做出某种抉择。而沧澜也不负所望地唤出了天琅剑，并瞄准了自己的脖子……

"哎，你干吗呢！"就在天琅要割破沧澜皮肤的时候，霓月连忙阻止了他，并笑道，"骗你的，你还真是木头！"

"可我是认真的。"沧澜说。

霓月听后，面色绯红，害羞地垂下了头，什么也没说，牵起沧澜的手继续往前走。

两人的互动正似一对打闹的情侣，可是这一幕把一直跟在沧澜身后的何小妹吓惨了。

原本何小妹只是靠在大石头上胡思乱想，但是想着想着她就把注意力集中到沧澜身上去了。等她再回过神的时候，便看到沧澜跟一个女人有说有笑的。

她认识那女人，正是她刚和凤月提过的霓月。

既然知道那女人是霓月，何小妹也就明白自己恐怕是进入了属于沧澜的幻境之中。在这里，她无法碰触任何东西，而沧澜也感受不到她的存在。

跟着两人一路往前走，何小妹又看到了不少凤月口中你侬我侬的画面，她心里酸得冒泡，但又不敢离开，怕沧澜再做什么傻事。

"这都是什么人啊……"想起霓月先前暗示沧澜自残的行为，何小妹不满道，"这么好的情郎，我宠上天都还来不及呢，竟然这么不懂得珍惜！"话音落下，她又瞟了霓月一眼，正好看见她眉眼弯弯的样子，火气一下子消

了，"也是，人家那么美，有的是资本……"

作为一个超级大灯泡，何小妹深深地觉得自己照亮了整个世界——除了沧澜。而就在她以为自己会一直照耀下去时，眼前景象突然一变，从热闹喧哗的大街变成了飞沙走石的山谷。

眼前有两拨人在打架，一拨以白衣为准，称为仙；一拨以黑衣为准，大概……称为魔？

四周法术绚烂，简直比过年时地主家放的烟花还好看，何小妹应接不暇，同时下意识躲藏，总觉得这些光芒会打中自己。

"沧澜，沧澜！你在哪里？"定下神后，何小妹焦急大喊。

可无论她怎么叫，都没有人回应。她知道这些景象是沧澜制造出来的，也是埋藏在他心里最重要、最深刻的记忆。

终于，穿过一片厮杀混战的场面，何小妹看见了在人群中披风杀敌的熟悉身影。沧澜此时正握着天琅剑，神情肃穆而冷酷，而与他对立的人则是霓月。

怎么会……何小妹满脸讶异，他们怎么会动手？就算是动手，沧澜也应该会像之前那样让着霓月，而不是像现在这样处处下狠手啊！

另一边，就在何小妹提心吊胆的时候，守在外面的凤月气得直跺脚。

"她竟然一声不响就跑进去了，肯定是跟着沧澜那个王八蛋！"抱着双臂，凤月看着靠在大石头上呼呼大睡的何小妹，咬牙切齿道，"她知道里面多危险吗？而且那是别人的幻境！这简直跟找死没什么区别！"

其实早在何小妹刚进入幽泉之境的时候凤月就觉察到了，但由于"进入"是一瞬间的事，他根本来不及阻止，只能又气又心酸地守在旁边。

这下好了，就算他不想好好看着沧澜，也不得不看好在沧澜身旁的何小妹了。而且更糟的是，老天大概是为了考验他，一群不知是什么的东西竟然渐渐聚拢，并埋伏四周。

危险出现得太巧，凤月状若不经意地瞥了沈惜一眼，正好沈惜也以同样的眼神望向他，说道："外面情况不妙。"

"你想如何解决？"凤月冷冷回应。

"不管怎么样，我们不能坐以待毙。"沈惜回答。

凤月听后，微微沉思，道："兵分两路，我们其中一个人出去探明来敌，另一人则留下来保护他们两人。"

"我出去查探。"沈惜主动道，然后从怀中拿出一张符纸给凤月，"如果有什么情况，焚燃符咒就行，我会立刻赶来。"

沈惜离开后，凤月便用法术在沧澜和何小妹身边筑起了结界。而躲藏在黑暗中的敌人也趁机蠢蠢欲动，露出身影将他们围了起来。

那是一群狼妖，虽然法力低下，但数量不少。它们瞪着绿油油的眼，喉咙里发出低低的威胁声，在狼妖一声令下后，铆足劲朝凤月扑去。

它们似乎知道凤月法力高强，于是采用了车轮战。一批小妖怪被打败后，换另一批接着上，凤月渐渐体力不支。

他来不及细想它们是别有目的，还是杀人夺宝，又坚持了一阵后，找个空当点燃了沈惜给他的符咒。

符咒闪着金光，瞬间燃烧殆尽。凤月也在击退一批小妖怪后，猛然冲向

狼妖。

擒贼先擒王，他还是懂的。

他一个闪身飞过去，但是狼妖法力也不弱，他要捉住狼妖的同时还得挡下持续在旁进攻的小妖。最后，凤月故意露出一个破绽给狼妖，在狼妖以为自己得手时，一个转身绕到它的背后将它擒住。

"你如果不想死，就赶紧让它们离开这里。"凤月淡定道，忍下打斗过程的伤痛。

小妖们面面相觑拿不定主意，狼妖赤红着眼道："如果它们撤退后，你还是要杀我呢？"

"我可不是那种言而无信的小人。"凤月冷冷道，"再说了，你现在也没资格跟我谈条件。"

狼妖闻言，气得吹胡子瞪眼，但最后也不得不按凤月的指示来。它一边偷偷给小妖使眼色，让它们回去找帮手，一边命令道："撤退！撤退！"

凤月见小妖走光，又将狼妖牢牢捆住后，才开始龇牙咧嘴地疗伤。只是符咒焚燃已久，沈惜还没有回来。

难道他遇到危险了？凤月不禁皱眉。

外面的情况暂时安全了，可幽泉之境内的沧澜和何小妹就没那么幸运了。

此刻，大战到了最激烈的时候，满天绚烂的法术，地下浓烟飞扬。然而之前还跟霓月打得不可开交的沧澜却突然停下了手，任由霓月攻击。

"不要打了！别打了！"看着紧咬牙关单膝跪地的沧澜，何小妹连忙跑过去挡在他身前。

但是这并没有用，她依旧眼睁睁地看着沧澜被甩到岩壁上，嘴里喷出一大口血。

"不！"何小妹大喊，再次跌跌撞撞朝沧澜跑去。她伸出手想扶他，却一次次穿过了他的身体。

脚步声由远而近，何小妹抬头，看见霓月走了过来。

"你这恶毒的女人，走开！你还来干什么！你看你把他伤成什么样子了！"何小妹说着说着，眼泪就流了下来。

她知道这是幻境，是不存在的，可她就是没办法看着沧澜受伤而不闻不问，还跟自己说"这都是假的"。

"沧澜，仙与魔就不能在一起吗？"霓月理所当然地无视了何小妹，哪怕她固执地挡在沧澜身前，望向沧澜问道。

她眼里有化不开的悲伤，

"可以的，霓月，我们一定可以在一起的。"沧澜温柔地笑道。

除了温柔以外，他的脸上还有深深的愧疚和歉意，就如同做了无法挽救的错事而失去了最重要的宝贝。

"还在一起干什么啊！她差点儿把你杀了！"何小妹不懂沧澜为什么这么傻，气呼呼地大喊大叫。

"可是我已经死了，我们无法在一起。"霓月垂着眼低声道。

"不！你还没有死！我一定会复活你的！"沧澜激动地反驳。

霓月闻言，微笑着摇了摇头，沧澜想起身抱住她，可周围的景象开始慢

慢崩塌、消失。

最后，整个世界漆黑一片，只剩下他一人。当然，还有作为观众的何小妹。

"沧澜，别伤心了。"看不得沧澜这副要死不活的样子，何小妹安慰道，"只要你能拿到那什么土就能复活霓月，你们就可以在一起了。"就算她觉得那女人对沧澜不好，她也认了，只要沧澜能快乐，"所以，你赶快清醒过来吧。"

沧澜听不到何小妹的话，他依旧毫无焦距地注视前方，一脸呆滞。

"这是过去啊，我们应该向前看，霓月也不想见到你这样不是吗？"何小妹继续自言自语。

沧澜似乎觉得疲倦，慢慢合上了眼睛，而他的身体也开始变得透明。

看到这里，何小妹终于慌了，她又急又气，急沧澜自甘堕落，气自己无能为力。

既然她帮不上忙，为什么又要进来看到这些呢？

"沧澜，你要坚强起来！"何小妹坚持不懈地在沧澜耳边打气道，说着说着，她不禁回忆起自己和沧澜的相识。

沧澜这个人，虽然表面看起来很冷漠，却很善良。身为仙人，他偶尔也会犯些凡人的小糊涂，最重要的是，他笑起来的样子十分好看。

何小妹觉得如果这世上真有一见钟情的话，那大概就是她对沧澜的感情，她害怕她再也见不到活着的沧澜了……

"沧澜，我喜欢你。"大概是知道沧澜听不见，也害怕再也没有机会了，何小妹坦然道，"你长得很帅……当然，我并不是因为你帅才喜欢你，不过我也不是不喜欢你帅，哎呀，总之我就是喜欢你，从见到你第一眼就喜欢上你了。我嫉妒你对霓月的付出，又羡慕你对她的痴情。"

"第一次见面，我自以为是拦下黑熊妖，却不想反被你救下。其实对于仙人来说，我们这些凡人就如蝼蚁般，你大可不必管我，但你还是出手救下了我……呵呵，其实也算我活该吧！"想到自己的自大，何小妹笑了笑，然后继续道，"我其实很感谢黑熊妖，要不是它，我也不会跟你纠缠不清，哪怕你觉得我是个负担……但你对我来说，却是我追逐的太阳……"

"我不知道你跟霓月发生了什么，但是，无论如何我都不能接受你为了她而丢掉自己的性命！虽然她对你很重要，但是……但是你对我也很重要啊！"

发泄般吼完最后一句话，何小妹似乎失去了所有力气，她耷拉着双肩，再也掩饰不住心里的感情，缓缓捧住沧澜的脸，颤抖着凑近了他的唇。

这是个吻，却也不像个吻，何小妹觉得自己像是在亲空气，但又觉得自己似乎碰到了沧澜的唇。

温温的，软软的……

不知道是不是何小妹的呼唤起了作用，当她睁开眼的时候，发现沧澜正望着她，不过双目没有焦距。

她吓了一大跳，连呼吸都忘了，等再三确定沧澜看不见她的时候，才赶紧收回手。

真是的，她怎么每次做坏事的时候都会被人抓住啊！

"霓月……是你吗？"沧澜的眼神四处搜索，抬手摸了摸被何小妹触碰过的脸颊，轻声问道。

刚才，他迷迷糊糊中似乎感觉到有一双手捧住了他的脸，后来还似乎……

沧澜的一声"霓月"，让何小妹的娇羞瞬间破灭，她的心脏似乎被狠狠割了一刀。

"我不是霓月，我是何小妹。"她喃喃道，不知是说给自己听，还是说给沧澜听。

她不求自己能在沧澜心中占多大位置，只愿他不要忘记她。

"霓月，我想你……"得不到回应，沧澜自言自语地苦笑道。语毕，他再度闭上了眼。

何小妹见状，吓得立马放下那点儿伤感，歇斯底里地大哭起来："沧澜！沧澜，你别睡！你快醒过来啊！"

虽说沧澜闭上了眼，但他的意识还是清醒的。他心底藏着对霓月的愧疚，所以心甘情愿接受惩罚，也接受死亡。对他来说，这或许是一种解脱……

然而，正当他默默接受的时候，却隐隐约约听到一阵恼人的叫唤声，就像是飞来飞去的蚊子，嗡嗡嗡，时近时远。紧接着，有冰凉的液体落到了他脸上。

这次他感受到了，是泪。

到底是谁？是谁能进入他的幻境？

好奇心驱使，沧澜硬撑着将快要分崩离析的意识渐渐聚拢。只是他还没来得及睁眼，便觉得一阵雨水淋在脸上，耳边的话也瞬间变得清晰无比。

早知道还是不要醒来的好，沧澜想。

"沧澜，你忘了你是来取什么土，而不是来送死的吗？"

是的，他来这里并不是自暴自弃，而是为了取息壤复活霓月。

"呜呜呜……沧澜，你死了，我怎么办啊？"

他现在是死不了，不过马上就要被她勒死了。

"别哭了。"受不了何小妹哭丧般的架势，沧澜忍不住开口道。然而他刚张嘴，便尝到了一股咸咸的味道。

生平第一次尝到眼泪的滋味，还是别人的，还是个不熟的人……

"沧……沧澜？"听到沧澜的声音，何小妹瞪大了眼，难以置信地看着他。

说实话，沧澜被何小妹抱得有点儿痛，而他之所以没有推开她，是看在她真情流露的分上。

有多久了，多久没有人这么真心实意地担心他，还哭得这么丑。

"谢谢你。"轻轻地擦了擦何小妹脸上的泪水，沧澜微笑道。

看着她哭得稀里哗啦的样子，他的心情竟然莫名其妙好了起来。

"我……嗝……我以为……嗝……再也见……嗝……不到你啦！"何小妹先前哭到打嗝，此时还没缓过来，她边说边对沧澜"上下其手"，以确定自己是真的能触碰他。

她再也不想体验刚才那种无能为力的感觉了。

忽略何小妹手上的动作，顺利脱离幻境的沧澜终于看到了幽泉之境的真面目。

四周烟雾缥缈，一望无垠的道路旁盛开着鲜艳如血的彼岸花，而栽种彼岸花的泥土便是息壤。

"沧澜，这么美的花，怎么会开在这种地方？"在沧澜拾取息壤的同时，何小妹打量着一旁的花，问道。

"这是彼岸花，它的香气能指引亡灵去该去的地方。"沧澜轻声解释道。

"原来这世上还有这样的花。"何小妹感叹道。

"世界之大，无奇不有，就算是仙人，也有许多不知道的东西，更何况是凡界。"沧澜说完，将装着息壤的容器收进袋中。

"那可不是！"何小妹兴奋道，"我以前以为山上的豺狼虎豹就是最恐怖的了，没想到却不及清平山瀑布旁的小黑虫十分之一。还有，我以前以为镇上那些有钱人过得最潇洒，没想到自己有生之年竟然能遇到话本上的仙人，还飞了一回！"何小妹指的是在清平山，沧澜带她逃命时的体验。

何小妹这边叽里呱啦说了一大堆，等她回头去看沧澜时，却见他盯着彼岸花出神。

"你怎么了？"何小妹问道。

"没什么。"沧澜淡淡回答，他只是想到了霓月偷偷种在自己体内的凤凰花。

凤凰一曲，涅槃重生。

沧澜不开口，何小妹也渐渐消了声。大概是被他的情绪影响到，她也没了赏花和回味的心思。

　　"幻境里的影像……你都看到了吗？"半晌，沧澜沉声问道。

　　何小妹呼吸一滞，迟疑地点了点头，怕沧澜不高兴。

　　"其实仙魔大战时你所看到的并不是真的。"沧澜盯着彼岸花轻声道，"霓月没有杀我，反而是我将霓月杀死了。"

　　"啊？"听到沧澜所说，何小妹还以为自己幻听，满脸讶异。

　　这……这怎么可能！

　　"没有什么不可能。"似是猜到何小妹的想法，沧澜兀自接下去道，"我们初次相遇是在星河崖。当时她迷了路，而我恰好经过，便顺手帮忙。事后，她为了感谢我，给我送来了许多稀奇古怪的玩意儿，一来二去，我们就熟稔起来。"

　　沧澜说话的时候用一种极为怀念的语气，还带着些许笑意，似是想起了当时的画面："她看起温柔淑静，其实古灵精怪得很，而且送的东西也千奇百怪，不是什么妖兽的角，就是被她称为宠物的巨兽。你是不知道，那巨兽比上次凤月变的那只还大，她竟然说让我当宠物养着，无聊的时候逗弄逗弄，用来打发时间。"

　　"也许爱情就是发生在不知不觉的时候，随着时间的推移，以及对彼此的了解，我爱上了她。与此同时，我也得知了她的真实身份。原来她并不是某位叫'月儿'的小仙女，而是魔族最高的统治者——魔君霓月。"

　　沧澜说得缓慢，何小妹听得入神，她的眼前似乎也浮现出了两人相处的

画面。

"仙魔自古势不两立，当时我很矛盾，然而就在我挣扎的时候，大战爆发了。大战促使我下定了决心，我约出霓月并告诉她，等战争结束，我便带着她远走高飞，相守一世……她听后很开心，真的很开心，她说了许多关于我们的以后。但是世事难料，当时情况严峻，我们不得不站在前线，成为对手……

"我放不下她，也放不下自己所处的位置。进退两难之际，我想起她跟我说过，她有一株能起死回生的凤凰花，我便决定杀死她，等她复活后再带她偷偷离开，实现我们约定好的未来……"说到这里，沧澜的声音里隐隐透露出难以抑制的悔恨，"但是，我万万没想到，凤凰花早就不在她那里了，她在死去的一瞬间便神魂四散，什么也没留下……"

听到这里，何小妹总算了解为什么沧澜会对复活霓月有这么深的执念了。

"那……凤凰花呢？"她小心翼翼地问道。

沧澜闻言呼出一口浊气，眼中的伤痛几乎要溢出来："霓月神魂消散后，我也失去了斗志和求生欲，任由魔族将我杀死……"

"啊？可你现在不是……"何小妹话说到一半，突然反应过来，惊讶道，"她把凤凰花给你了？"

"嗯……"沧澜艰难地点了点头。

何小妹愣住了，她没想到霓月比沧澜还要痴情，她之前竟然还以为霓月不懂得珍惜沧澜，怪不得沧澜对霓月念念不忘。

"得知真相后，我更加无法放下她，便悄悄潜入魔族，找魔族大祭司讨求有可能复活霓月的方法。大祭司告诉我，魔君的神魂并不会真正消散，只能称之为打碎。在历经千万年后，还会再度回归，不过那时，霓月便再也不是我所认识的霓月了……"

"所以你才想集齐法宝复活她？"何小妹接道。此时，她终于了解了沧澜和霓月之间的牵绊，而属于她的那份心思，在面对如此惊心动魄的感情时，也注定了只能埋藏心底。

"沧澜，你一定可以的。"收起内心的失落，何小妹一咬牙，为沧澜加油打气。

"借你吉言。"沧澜这才笑了笑。

之后，两人沿着三途川找到了出口，可现实情况不容许他们慢悠悠地回去，因为小妖在离开没多久后，又再次卷土重来了。这次，它们没有直接冲出来，而是躲在暗处放冷箭。

"你们再偷偷摸摸的，我就杀了它！"掐着狼妖的脖子，凤月怒气冲冲道，然而回应他的却是更多的攻击。

"它们不一定是我的手下。"狼妖开口道，"也有可能是其他人想要你们的命……"

"闭嘴！"凤月厉声打断。

沈惜还没回来，沧澜和何小妹还没醒，而他又受了伤，他真不知道自己还能撑到什么时候。

然而现实却没给他太多考虑的机会，埋伏的敌人竟然转为了火攻。

第三章 Chapter 03 霓月好友，前往幽泉

这还不是普通的火，要扇灭极为麻烦。就算他灭了这处，那处又燃了起来。那处灭了，这处又补上了。狼妖也远远躲着火，不得不尽量靠近凤月。

"小妹！小妹，醒醒！"凤月跑到何小妹身边叫道。

何小妹是普通人，而这火又不是普通的火，他真怕她连一小会儿都撑不住。

都是沧澜那个王八蛋！凤月再次想到罪魁祸首，狠狠地瞪着盘坐得优雅得体的人。

他想了想，觉得自己要是不趁着这个机会扇他两巴掌，那简直对不起自己。于是，他捋起了袖子，然后扬起了手……

"你想干什么？"清冷的声音乍然响起，沧澜睁开眼，见四周火光一片。

"扇风啊！"凤月迅速说道，"你没见周围全是火啊？"

呵呵，信你才有鬼。

第四章

Chapter 04

身份难猜，设计中套

虽说凤月的报复没成功，但沧澜及时醒来还是让他松了口气。

"哎呀，妈呀！"何小妹醒了，她刚睁开眼，一根类似长针的东西便从她耳旁飞过，直直插在地上，"这是什么东西？"

"妖怪身上的毛发。"凤月回答。

何小妹闻言一抬头，这才瞧见四周都是火，怪不得她觉得热呢。

"发生什么事了？"像钢针一样的毛发接踵而来，何小妹一边躲一边问，沧澜也疑惑地望向凤月。

"谁知道呢？"凤月翻了个白眼，心里对沧澜还有看法，"就在你们进入幽泉之境不久，这畜生带着一群小崽子埋伏四周，我跟沈惜说好，他去探查，我在这里守着。后来我打跑了狼妖，又来了这么一群。"凤月说着，用脚尖踢了踢一旁的狼妖。

"那沈惜呢？"何小妹看了狼妖一眼，见它被捆得结实，接着问。

"他走时给了我一张通讯符咒，跟狼妖打斗时我就用了，只是他一直没回来。"

"他不会是遇到什么危险了吧？"

"狗屁危险……"凤月撇嘴道，他早就觉得沈惜有鬼，要是这一切真跟沈惜有关，那也是沧澜这个傻帽活该，只是连累了他和何小妹，"行了，我们还是先管好自己吧！"

有了沧澜的加入，情况顿时好转。敌人投放的速度远远不及他们熄灭的速度，周围火势渐小。

"你们的目的是什么？"沧澜趁着空当望向狼妖，问道。

狼妖眼珠子一转，决定明哲保身："我也是受人指使的。"

"是谁？"沧澜继续追问。

"是……"狼妖正想和盘托出，眼角余光瞟见火圈的缺口处多了个人影，脱口而出的话顿时梗在了喉咙里。

来人是沈惜，他手持长剑，满身浴血。

"沈惜！"何小妹率先看见沈惜，立即挥手大叫。

她不是跟沈惜有多熟，也不是有多喜欢他，只是在满是"妖"的地方，对一开始就同行的人有那么一丁点儿归属感。

"叫什么叫。"凤月拉下她挥舞的手，"别把狼招来了。"

"狼在这里。"何小妹指着被捆得像个粽子似的狼妖。

"你去哪里了？"沈惜走近后，沧澜问道。他对沈惜是有疑心的，并没有完全相信他是霓月好友的言论。

沈惜抽出手帕擦了擦剑上的血迹，叹了口气，有些后怕地说道："我与凤月公子分开行动后，发现了几只行踪诡异的妖，便悄悄尾随而去。后来不知绕了多久，我感受到凤月公子的符咒已用，才意识到自己是中了调虎离山之计，于是马上往回赶。但是就在我原路返回时，又发现附近埋伏了不少妖怪，于是动手将它们清理掉了，这才慢了些。"

"你把它们全部杀死了？"凤月若有所思道。

沈惜点了点头："是的，它们数量虽多，但本事并不高。"

沈惜这边的问题解决了，沧澜又转头继续审问狼妖："你说你是受谁指使的？"

这次不同于先前的爽快，狼妖似乎改变了主意，死不开口，垂着脑袋不知道在想什么。

沈惜见此情景，问道："它知道什么？"

"它说这次的攻击是由幕后黑手指使的。"沧澜皱眉道。

沈惜冷哼一声："你们别听它胡说，它只是知道你身上有很多宝物和仙草才过来打劫而已。这一带的狼妖贪得无厌，经常做这些事，说是有幕后指使，不过是想为自己脱身而已。杀了它吧，也当是为这一方除害。"

听到沈惜的话，狼妖突然抬起头，绿油油的眼通红一片，只是它刚准备开口说些什么，沈惜手中的长剑便挥了下来。

狼妖被杀了个猝不及防，毫无心理准备的何小妹也被吓到，尤其是狼妖的脑袋刚好滚到她的脚边。

"啊啊啊——"她的声音听起来十分凄厉。

虽说她也打过猎，宰过牲畜，可会说人话的狼妖还是和只会嗷呜的狼不一样啊！

"哎哎哎，我说你别大惊小怪的好不好？一个脑袋而已，不就跟你宰牲

086

畜时差不多吗？"凤月一脚踢开狼妖的头说道。

"什么叫差不多！我们家的牲畜可不会说话。"

"可它们是妖。"沈惜也接道。

这下何小妹不乐意了，怎么说她也是个姑娘家，惊讶一下不是很正常吗？

"喂喂喂，你们一个个什么意思啊？怎么说我也是个姑娘，尖叫、害怕什么的不是很正常吗？"

"你那是尖叫吗？明明是号叫！"凤月揉着震得发麻的耳朵，实话实说。

什么嘛，她不过想要更女人一点儿，尤其是见了霓月之后，藏在心底小小的嫉妒和攀比，绝不是理智能压下去的。

看着何小妹气鼓鼓的样子，沧澜心中的阴郁顿时消散不少，配合道："你说得没错，姑娘家的，会怕也正常。"

何小妹很感动，沧澜果然是好队友。

受不了两人"眉来眼去"，此时周围埋伏的敌人早已被打跑，凤月也不再压抑，干脆哼哼唧唧起来。

"你受伤了？"何小妹扶住凤月问道。

"你才看出来吗？"凤月语带埋怨。

何小妹自知理亏，没有回答。

"我看你眼里只有某人，哼！"凤月故意说道，然而他刚刚哼完，整个人便晃悠了一下，险些摔倒，幸亏何小妹力气大，不然他们俩肯定都得趴到

地上。

"你怎么伤得这么严重？"何小妹惊讶道。

"你认为以我一人之力，与整座山的妖怪为敌容易吗？"先前撑着不觉得多难受，现在一放松，确实有些扛不住。

"没死确实挺不容易的……"何小妹发自内心地感叹。

"哎，怎么说话呢！"凤月眼一瞪，弯起手指作势要弹她额头，但沧澜却抢先一步将何小妹拉到了自己身后。

失去支撑，凤月身子一歪，差点儿跌倒。

"干吗啊！"凤月吼道，他这一声吼扯到伤口，又引得一阵闷咳。

"你没事吧？"何小妹躲在沧澜身后，露出脑袋，面露担忧道。

"担心就过来看啊。"凤月不满地回答，说完瞟了沧澜一眼，"我又不会真打你。"

"假打也不行。"在何小妹回答之前，沧澜开口道。他不喜欢何小妹和凤月太过亲近，尤其是从幽泉之境出来后。

"息壤取到了吗？"就在三人气氛融洽时，沈惜问道。

"嗯。"沧澜点了点头。

"那就好，我之前在尾随小妖的过程中，在南面的悬崖边发现了寒月草。如果将寒月草碾成粉末加入息壤里，修筑肉身时会更完美。"

"那我跟小妹去取，凤月有伤，你们先下山吧。"

"假好心……"凤月小声嘀咕，不过也没反驳，而是转头问沈惜，"那你刚刚怎么不取回来？"

"我收到你的信号就急着回来了，反正就一会儿，不会被人摘走的。"沈惜解释道。

对于沈惜的解释，凤月心有怀疑，不过看沧澜势在必行的模样，他也不好多劝，只是分开前偷偷塞了张纸条给他。

见凤月和沈惜往山下走去，沧澜和何小妹也朝山南迈开了脚步。

路上，妖怪尸首遍布，且死状十分可怖，可见下手之人有多狠毒。何小妹一想到这是沈惜所为，便心生惧意。

"这些……都是沈惜做的吗？"她有些不敢相信，"那也太可怕了……"

"他这个人不值得相信。"闻到空气中浓郁的血腥味，沧澜眉头紧蹙，紧握的手松开后，白色的粉末飘散在空中，那正是之前凤月塞给他的纸条，上面写着"沈惜极可能是狼妖所说的幕后黑手"。

说实话，就算凤月不说，他也有所怀疑，因为沈惜给狼妖那一剑实在太巧了。虽说因为霓月，他们成了临时同伴，且路上沈惜也没露出什么马脚，但他心里并不认同他。要不是沈惜知道幽泉之境的位置，自己才不会带他一起上路。

由于对沈惜的怀疑，沧澜并没有直接前往悬崖边，而是绕了远路，他想借此查探沈惜出现过的地方是否有可疑之处。然而这一切看在何小妹眼里，却是莫名其妙的画面——砍树、刨土，还画圈。

"沈惜说的那株草在悬崖边。"跟在沧澜身后的何小妹好心提醒道。

"我知道。"沧澜头也不抬地回答。

身后的动静，沧澜笑了笑。

对于何小妹，他一开始确实视她为累赘，但接触后，他发现她善良得不像话，或者说傻得不像话。这种善良并不是指爱护小动物之类的，毕竟他们家就是屠户，要是她整天叫着爱护小动物，那就是智商有问题，而不是善不善良的问题了。

这么说吧，吸入药粉后，他们相隔三米他便会失去法力，可是这对何小妹却没有任何影响，她大可不必跟自己来冒险，但是她来了，为了他这么个陌生人。她这样的举动让他想起了霓月，身为魔君，霓月也是个傻得可爱的女人。

不过更让他触动的还是在幽泉之境的时候，虽然他不知道为什么何小妹会出现在他的幻境中，但如果不是她极力呼救，他也不会安全回来。或许自那刻开始，她在自己心中的分量就不一样了。

沈惜的本意虽然让人起疑，可他没有说谎，寒月草的确长在这里，不过是在悬崖下，他准备带何小妹飞下去采摘。

"待会儿我会带你飞下去，你不用怕。"沧澜望着烟雾缭绕的悬崖道。

然而并没有人回应他，他回头一看，这才发现何小妹还停留在之前的地方。

都怪他想得太入迷，没注意到身后失去了动静。

何小妹张着嘴，举起双手拼命捶打着空气，但他听不到一点儿声音，他们两人之间就如同隔着一道透明的墙壁。

沧澜见此状况，立刻知道他们被结界隔开了，他倒是想解，但是这个结界太过复杂，一时半刻根本解不了。与此同时，三只小妖朝何小妹步步逼近。

三只小妖长得挺可爱，一只是有着马蹄的马妖，一只是有着两大门牙的兔妖，还有一只是肥头大耳的猪妖。要是对方不安好心，何小妹一定会在旁好好观察一下。刚才那只狼妖她就没把握住机会，被沈惜宰了。

"小心！"在结界的另一边，看着何小妹左闪右躲，沧澜可谓是提心吊胆，哪怕明知对方听不见，他也在大喊，同时加快解结界的速度。

他还注意到，何小妹在躲避的同时，还记得与他保持不超过三米的距离。算上霓月那次，这是他第二次觉得自己这么没用。

何小妹，撑住！沧澜在心里默念。

然而何小妹终究只是人类，渐渐地，她开始体力不支。沧澜看着焦急，心知对方是冲着他来的，只有他离开，何小妹才会得救。所以他一咬牙，朝天空放了道绚烂的法术以引起风月的注意，便转身往反方向跑去。

小妖见状，立即放弃跟何小妹"躲猫猫"，拔腿去追。

见三妖穿过结界，何小妹也一头撞过去。不过跟之前一样，她就像是撞到了门板，一屁股跌倒在地。

"沧澜，你要去哪里？你快回来啊。"何小妹焦急大喊。

沧澜跑至悬崖边，终于无路可走，兔妖见状，笑道："这下看你能跑去哪里。"

"你们是受谁指使的？"沧澜看了眼将他围住的三妖，耐心问道。

"你还是束手就擒吧。"猪妖饶有兴趣地劝道。事到如今，沧澜可是到

嘴的鸭子。

"反正我也跑不掉了，死也得死个明白吧？"

"不管是谁指使，你都跑不掉了，所以这个答案也没任何意义。"马妖冷笑道。

"是吗？"沧澜并不畏惧，声音里透着冷意。

他眼神坚定，再次望了眼身后的悬崖，毅然跳了下去。

面对沧澜的举动，兔妖、马妖和猪妖都蒙了。

"怎么说跳就跳了呢？"它们冲到悬崖边齐声感叹。

朝下望去，入眼的只有尖锐的石头和缭绕的雾气。

看到这一幕，何小妹也吓了一大跳，体验了一把心脏跳到嗓子眼的感觉，不过她很快就冷静下来。

沧澜不会有事的，他还要复活霓月呢！他这么做一定是有自己的打算，不会白白送死。

此时此刻，何小妹最嫉妒的人竟然成了她寄以希望的人。只要沧澜能活下去，哪怕有两个霓月，她也不在乎。

害怕那三只妖怪会回头找自己麻烦，何小妹当即决定去找凤月。先前这些妖怪只是为了引诱沧澜离开，所以并没有对她下狠手，现在就难说了。

然而另一边，沧澜和何小妹离开不久后，凤月便感到一个硬物抵在他腰间。

"沈公子，你的刀是不是放错位置了？"凤月调侃道。

沈惜没有收回刀，反而轻笑道："你觉得我接下来要做什么？"

"或许你是嫉妒我的美貌，想要割花我美丽的脸庞？"

"哼，死到临头还嘴硬。"沈惜恨恨道。对于凤月，他真是气得不轻，如果不是凤月突然加入，在沧澜和何小妹取得息壤回来后，趁着沧澜虚弱之际，他就能拿下他们了，而不是杀死那么多小妖来上演苦肉计。

"哗——"此时，天空闪过绚烂的色彩，正是之前何小妹和沧澜离开的方向。

凤月瞳孔一缩，糟糕，何小妹和沧澜有危险！

"时间正好。"沈惜也看见了，居高临下地对凤月说，"如果你放弃挣扎，束手就擒，我还可以留你个全尸，你别忘了，你现在受了重伤，根本不是我的对手。"

"怎么？你拿一把削水果的小刀就想威胁我？"凤月强装淡定。

"削水果的小刀？"沈惜哈哈大笑，"算了，就让你苦中作乐一回吧，不过，我现在可不会给你留全尸了！"

沈惜话音落下，匕首一挥，带起一阵黑色烟雾，与此同时，凤月也忍下伤势，飞快退开，抽出长鞭应战。

一瞬间，火光四起，黑色与银色相互纠缠，但是对于凤月来说，他是勉强挡下攻击，而对于沈惜，却是游刃有余。

"喀喀！"一番打斗后，凤月终于支撑不住，吐出一口血，跌倒在地。

沈惜傲慢地走到他身前，手中的匕首在黑色烟雾的缠绕下化为一柄长剑，并且对准凤月的心脏一剑刺了下去。

凤月迅速翻身，摇晃着站了起来，用手背擦了擦唇边的血迹，问道：

"你为何要算计我们？"

沈惜闻言，当凤月为物品般上下打量了一番，还有心情开玩笑道："内丹、法宝、仙草……都是原因，难不成还是你的美貌？"

凤月听后大惊，皱眉道："你是靠吸食他人内丹修行的邪妖？"这种修炼提升很快，但由于心术不正，也极为危险。

"那又如何？"沈惜不屑地笑道。

"你……无耻！"凤月看着他满不在乎的模样，憋了半天，憋了这么一句，沈惜更乐了。

虽说凤月平常嚣张自大，但他还是个三观端正的好少年，彻底贯彻好人要救，坏人要斩的原则，所以沈惜的所作所为对他来说真是太坏了。

"怎么？你平时不是很嚣张吗？现在怎么不说话了？"见凤月狠狠瞪着自己，沈惜心情大好地笑道。

凤月心里窝火，恨不得马上斩了眼前这只妖魔鬼怪，但是目前情况不妙，苦战下去他也讨不到好，只得三十六计——走为上策。

沈惜太过自负，凤月的武器又被他打落在旁，就在他以为对方是瓮中之鳖时，却猝不及防地被对方撒了一脸银沙。

这银沙是凤月当初去南海游玩时所得，由一种亮银色但怀有剧毒的鱼所产，会让人暂时失去知觉。凤月当初只是因为好看才收集，没想到今天竟然派上了用场。等沈惜反应过来后，他早已不知去向。

跑得倒是挺快，看到一连串远去的血迹，沈惜心中冷哼，不过他的主要目的是沧澜，既然凤月逃跑了，他也懒得再费心思去追。

沈惜离开后，不远处的灌木丛发出阵阵窸窣声，紧接着，一个头从里面探了出来，此人正是已经"逃走"的凤月。

"看来这个沈惜也没多聪明嘛！"凤月扫了眼自己制造的假象，暗自得意，"他不是要找沧澜吗？那干吗往悬崖的反方向离开啊？算了，管他呢！"

自言自语完，凤月又等了一会儿，见沈惜确实没有再回来，便捂住伤口往悬崖边走去。只是他还没走几步，何小妹鬼鬼祟祟的声音便响了起来："凤月，凤月，你在哪里？"

"这里这里！"凤月也压低了声音回应。他一眼就看到了何小妹，此时正靠在树上冲她招手。

"凤月！"看到凤月，何小妹一脸欣喜，但随即又皱起了眉头，"你怎么受了这么重的伤？"

"被狗咬了！"凤月吐了一口血水，狠狠道。

"是沈惜吗？"何小妹问。

凤月点点头，朝她身后望去，却没看到沧澜："沧澜呢？"

提起沧澜，何小妹满脸担忧，不禁黯然道："沧澜为了救我跳崖了。"

"跳崖？"凤月不解，沧澜法力高强，又不是凡人之躯，跳个崖有什么好担心的，"你这是什么表情？"

"你有所不知……"何小妹叹息道。

"那你就告诉我啊。"

想卖弄一下学问的何小妹被噎住了，说道："我跟沧澜不能相隔三米，

如果超过的话，沧澜就会失去法力。"

"啊？为什么？"

"这个说来话长，反正也是被设计陷害的就对了。"

"难道也是沈惜那个王八……"

沈惜可比王八蛋更坏。

"王八羔子？"四个字比较狠。

"嗯，应该就是他那个挨千刀的！"

"这挨千刀的王八羔子！"两个词连起来骂更好。

不过他刚骂就蔫了，他本来还想着等找到沧澜后就能得救，却没想到敌人竟然算计到了这个分上。

"对了，你知道沧澜在哪里跳的崖吗？"凤月问。

"知道，我看着他跳的。"

"……"

"啊，我不是那个意思！"看到凤月的眼神，何小妹立即反应过来，"我们之间有结界呢，我过不去啊！"

"好吧，我们还是先去看看吧。"凤月说完，强忍着痛楚，在何小妹的搀扶下往悬崖边疾步走去。

除了何小妹和凤月，沈惜也发动了周围所有妖怪在找沧澜。而弄丢了人的兔妖、马妖和猪妖，正跪在地上等沈惜发落。沈惜扫了它们一眼，直接剑起剑落。

"蠢货。"看着三妖的尸体，沈惜骂道。他本以为将沧澜和何小妹分开

098

后，捉住沧澜就是万无一失的事，谁知道竟然被它们弄丢了。

跳下悬崖吗？他可不相信沧澜会跳下去。没有法力，他就算不死也会重伤。

来到悬崖边，沈惜打量了一番后，慢慢飞了下去。在下降过程中，他在岩壁上发现了一个山洞，而洞内有一条密道，他探索了一番后，发现居然通向崖顶。

沧澜逃走了？可是洞口处并没有脚印啊。

"该死的，何小妹呢？"沈惜大吼道，气得不轻，然而在场的妖没一个能回答他。

视线再次扫到倒地的三妖尸体，沈惜有些后悔，真不该宰了它们。

作为靠不法途径修炼的妖，其实沈惜早就盯上了沧澜。为了收集能复活霓月的法宝或者仙草，沧澜经常四处游历，便于下手。恰好，此时又有人让他对付沧澜，且报酬丰厚，这可谓是一石二鸟，他何乐而不为呢？可是现在，到嘴的鸭子竟然飞走了！

"还不快点儿给我找！"沈惜命令道。

闻言，四周的小妖火急火燎地散开，忙去搜查。一时间，只剩下沈惜一人站在悬崖边凝思。

突然，利器划破空气的声音在背后响起，沈惜敏捷地闪开，并顺势后退几步。

"沧澜？"看清背后之人，沈惜惊喜道，"你果然还躲在悬崖附近，想不到你竟然自己出来了。怎么？你以为就凭你现在的凡胎肉体，还能伤到

我？我可不是之前那群小虾米。"

沧澜没回答，一边戒备地看着沈惜，一边往平坦空旷的地方移动。沈惜看着他的脚步，似是欣赏猎物最后的挣扎。不过由于有凤月的前车之鉴，一旦沧澜超出了他的预想范围，他便划出一道剑气，喝止对方继续行动。

"砰——"尘土飞扬，还掺杂着丝丝黑雾。沧澜被震得差点儿摔倒，但他并没有停下，反而趁机继续逃跑。

沈惜暗暗咬牙，只恨刚才那一下没打在他身上。

"你以为你能跑得掉吗？"沈惜追上去叫嚣道。

沧澜没有法力，他追上去并不是难事，但是当他们跑进了树林后，沧澜却突然消失了。莫非这山里也有像悬崖边的山洞密道？

"我看你能躲到什么时候……"沈惜不屑道，话音落下，他开始念动咒语。不一会儿，山中的树木开始摇晃，地上的泥土也纷纷坍塌。如果沧澜真的藏在里面，再不出来的话就会被活埋。

可恶！吸入一阵灰尘，沧澜咳嗽着从密道跑出来。

成仙已久，他多长时间没这么狼狈过？不是心理，而是真正的狼狈！要不是法衣防尘，估计自己肯定跟叫花子没什么区别了，这种"手无缚鸡之力"的感觉还真是不好受。

沧澜逃离密道后，沈惜立马追了上去。他已经厌倦了兵捉贼的游戏，闪身飞到沧澜身边，并一把抓住了他，狠狠将其摔倒在地。

沧澜自知再无计可施，只得故作怨怼，拖延时间道："你为什么要这么做？你不是霓月的朋友吗？"

沈惜见他这副落败的样子，难得好心解释道："我认识她，她不认识我。"

　　自从不再掩饰后，沈惜露出的邪气太过明显，沧澜不需询问便知道他不是什么好妖。

　　"莫澜师兄给你返生镜的事情也是假的？"他继续问。

　　"当然了。"沈惜笑道，用看傻子的眼神看着沧澜，"我要是有那个本事，干吗还这么辛苦来抓你？"

　　"那黑熊妖给我和何小妹下的奇怪药粉，以及清平山上的袭击也都是你一手策划的？"

　　"没错。"

　　"为什么？"

　　"你说为什么？"沈惜笑道，"人为财死，鸟为食亡。"

　　"口气倒是不小。"听到这里，沧澜忍不住讽刺道。

　　"这是因为我有资本。"沈惜一脸嘲讽，"不过你也挺有本事的，我找了好久都没找到的赤仙草和息壤居然都被你找到，想必你之前已经收集了不少宝贝。反正你快死了，复活这种事……"

　　"你闭嘴！"沈惜的话没说完，沧澜便厉声打断了。压抑的愤怒被点燃，他爬起来，抡起拳头朝沈惜袭去，不过在距离对方半米的地方便被无形的结界挡住了。

　　"不自量力。"沈惜冷哼道，"你现在可不是之前那个沧澜了。"

　　沧澜咬咬牙，没有放弃，而是继续挥起拳头试图跟他肉拼。

沧澜那边的声响引起何小妹和凤月的注意，他们循声找去，不一会儿便看到沈惜单方面虐打沧澜的画面。

何小妹看着心疼，怒气冲冲地想要去帮忙，却被凤月拦下来了。

"你瞎冲什么啊，你以为沈惜是你家的牲畜吗？"凤月压低声音道，"沧澜伤得不轻，就算你现在过去，他重新获得法力后一时半会儿也恢复不了，还不是会被沈惜抓起来，到时候我们就真的一点儿机会都没有了！"

"那怎么办啊？"看着沧澜被打得趴在地上半天起不来的样子，何小妹眼眶发红。

那个挨千刀的王八羔子！

打了一会儿后，沈惜终于停了下来，他蔑视地看着沧澜："还是乖乖把百宝袋交出来吧。如果我数到三声，你仍然冥顽不灵……"沈惜后面的话没说完，而是直接用剑尖抵在沧澜的肩膀上，微微用力后，鲜红的血液流出来。

法衣虽有防御作用，可沈惜的剑也不是普通的剑。何小妹看见沧澜肩膀上的血，恨不得一个飞身过去，狠狠揍沈惜一顿。

"我可以给你。"沧澜忽然开口道，"不过百宝袋并不在我身上。"

"那在哪里？"

"我可以带你去。"

沧澜的突然妥协令沈惜有些怀疑，不过他转念一想，觉得自己的实力摆在这里，而沧澜顶多像之前一样使点儿小计谋，他根本无须放在心上，于是便答应了。

得到沈惜的应允，沧澜摇摇晃晃地站了起来，然后带着沈惜往某个方向走去，何小妹与凤月则偷偷跟在后面。只是走着走着，何小妹忽然觉得这条路有些熟悉……

对了！这不是沧澜刚才采野生蘑菇……不对，画圈圈设结界的地方吗？

"怎么了？"见何小妹表情变幻不定，凤月小声询问。

"这里……"

"你做了什么！"何小妹还没来得及回答，沈惜怒不可遏的质问便乍然响起。

凤月回头一看，只见沈惜像是被无形的绳索捆住了一样，动弹不得，还在拼命挣扎。

"嘿！中招啦！沧澜这小子竟然还设了结界！"凤月一拍手，就差没跳起来了。

真是看戏的不嫌事大，何小妹翻了个白眼。

"你不是已经没有法力了吗？"以沈惜现在的能力还不能立刻打破沧澜的结界，只得一边挣扎一边恨恨地问。

"这是我早就设置好了的。"沧澜淡淡答道，"你不会真以为我相信你是霓月朋友的鬼话吧？"

"原来你刚才都是在演戏！"沈惜恍然大悟，"你别以为这样就能困得住我！"

沈惜真是气极了，他也没有耐心慢慢解开结界，而是直接用蛮力对干，哪怕会杀敌一千，自损八百。

随着砰的一声，沈惜周身气息疯狂膨胀，直到结界被蛮横炸开，而他身上也挂了不少彩。

"想不到你们这些仙人的手段也不怎么光明磊落。"沈惜面容扭曲道，朝沧澜步步逼近。

沧澜背靠在树干上，面色轻松，眼睛却不动声色地朝不远处凤月和何小妹的藏身处扫去。准确来说，他看的是凤月。

"奇怪，沈惜都没发现我们，他怎么发现的……"准确接收到沧澜的讯息，凤月嘀咕道。

嘀咕完，他转头想叫何小妹跟在自己身后，然后出去救人——沈惜被结界反伤，现在胜算可是大大增加了。不过……

"何小妹，你给我回来！"

一个不注意，那丫头竟然已经冲出去了。

"沧澜，我来救你了——"何小妹大喊，并在沈惜诧异的目光中，扑到了沧澜身上，然后将沧澜牢牢地圈在了怀里。

作为当事人，沧澜的感觉很微妙。

这"英雄救美"的画面是怎么回事？何小妹看似将他圈在了怀里，可他还是露出了肩膀以上的全部部位，毕竟身高差放在这里。

沈惜确实被何小妹自不量力的英雄救美惊呆了，不过他很快回过神，打算连这烦人的丫头一起杀掉。突然，两道光同时朝他袭来，他整个人顿时被弹飞了出去，并且还撞断了一连串的树。

"哼！居然想欺负我们家小妹！"凤月气呼呼道。没错，两道光中的其中一道就是出自他的手，至于另一道……

"你怎么把我给你的灵符用了？"沧澜开口道，带着些许无奈。

何小妹闻言，摊开手掌，上面躺着一个皱巴巴的锦囊，正是她刚才情急之下从怀里掏出来的。

"我当初给你这个锦囊，是要你在遇到危险时才用。"沧澜继续道。

"刚才就挺危险啊……"何小妹嘟囔道。

沧澜听后哭笑不得："我是说你一个人的时候。"

"它现在救了两个人的命，不是更死得其所？"何小妹反驳道。

"死得其所"是这么用的吗？

"那你刚才怎么不用？"

"我舍不得……"何小妹小声回答，语气里还听得出些许心痛。

"现在就舍得了？"沧澜调笑道。

"那不是因为你有危险嘛，我没想那么多……"

听到何小妹的回答，沧澜脸上的笑意僵住。

没想那么多……这是多么傻又多么真诚的回答啊。当初霓月也是没想那么多，才会被自己打中吧……

一股说不清道不明的情绪在沧澜心头缓缓升起。

"喂喂喂，我说你们抱够没有啊！"凤月不满的声音打破了和谐的氛围。

何小妹听后才反应过来她跟沧澜的动作有多亲密，立马红着脸松了手。

"对了，我们赶紧把那个王……沈惜抓起来吧！"不能说粗话，保持形

象，保持形象。

此刻，好不容易爬起来的沈惜简直郁闷得不行。

做人怎么这么难呢？尤其是坏人！

"你知道为什么你老是失败吗？"凤月问。

灰头土面的沈惜摇了摇头。

"因为反派都死于话多。"

现场一片寂静，名为真相的东西被点破了，片刻后，沈惜红着眼，大叫一声，挥动长剑朝三人冲去。

"这就叫气得失去了理智。"凤月不忘总结道。

沈惜虽然受伤，可还是有些实力的，尤其是在愤怒的状态下。

沧澜以法力凝结出一柄透明的长剑抵挡，单手将何小妹抱在怀里，凤月配合攻击。

何小妹靠着沧澜的胸口，听着他有力的心跳声，脸上渐渐染上一片绯红。一时间，所有的恐惧都散去，只要躲在沧澜的怀里，她似乎什么都不怕了……

机会难得，何小妹想抱抱沧澜，可她刚抬起手，脑中便闪过了霓月言笑晏晏的模样，又默默放下了。

知足吧，何小妹，你这是偷来的幸福，不要再妄想得到更多了。

"抱紧我。"沧澜忽然开口道。

何小妹听后一愣，随即连忙抱住他。

这可不是我贪心，是他主动要求的。

何小妹在心里默念。

几个回合后，沈惜终于撑不住，被沧澜一脚踹倒在地。沧澜用剑抵着他的胸膛，居高临下道："你现在感觉如何？"

沈惜脸上一阵青一阵白，没有回答。凤月则拿出锁妖绳将他绑住，还恶趣味地绑了许多蝴蝶结。

"锁妖绳能无限延长的功能太人性化了，不对，是妖性化。"看着自己的杰作，凤月满意地拍拍手道，"小妹……"他回头想叫何小妹一起欣赏，却见对方正在沧澜怀里。

"我说你们怎么又抱上了？"凤月不开心了。

"呃……这是胜利的拥抱！"何小妹解释道。

"什么胜利的拥抱，你不就是……"

"啊！凤月，你绑得太好看了！我们也来个庆祝的拥抱吧！"何小妹忽然大声道，笑得夸张。

"啊？你刚才不还说胜利的拥抱吗……"凤月嘴上嘀咕，不过还是伸手抱过何小妹。

"你别乱说。"两人抱在一起，何小妹跟凤月咬耳朵。

"乱说什么？"凤月这下知道了，原来何小妹是有话跟自己讲。

"哎呀，就是你之前说的那事。"何小妹脸色泛红，有些不好意思。

"之前？"凤月疑惑，随即反应过来，"哦，是我说你喜欢沧……"

"嘘嘘嘘！"何小妹赶紧打断，偷偷瞟了沧澜一眼，沧澜的脸色果然很不好，莫非他猜到了？"他有心上人，我在幽泉之境看到了，很漂亮……所

以，以后这种话别随便说出来了，免得连朋友也做不成。”

"那你干吗还跟着他啊？我看那三米的限制对你也没什么影响啊！"凤月不解。

"我……我……"何小妹结巴了。

"我懂了，一个愿打，一个愿挨！"

何小妹和凤月讲悄悄话的时候，沧澜并没有去偷听，虽然他有过这个想法。不过看着两人交头接耳的样子，他怎么就那么不痛快呢？而且何小妹竟然还脸红！

他为什么要特意降低听觉的灵敏度，只为了不偷听两人讲话？反正仙人五官本来就灵敏，也不算故意偷听啊！

"不错，竟然没偷听。"跟何小妹讨论完，凤月扫了一眼站得笔直的沧澜，幽幽道。

"那是当然，起码的尊重应当有。"沧澜严肃道。

解决完凤月，何小妹又转头去看沈惜。

"王八羔子！"何小妹低声骂道，"总算逮到你了，看我怎么弄你！"

所谓背靠大树好乘凉，指的就是何小妹现在这样。沈惜被绑，沧澜的法力又恢复了，她可算是找到机会出气，结结实实揍了沈惜一顿。鉴于职业关系，她手劲儿不轻，这一顿下来，沈惜直接挂了彩。一开始沈惜还哼哼几声，最后直接被打得连脾气都没有了。

神清气爽地"运动"完，何小妹刚想起身，就见一个小青花瓷瓶从沈惜身上掉落，而沈惜本人并没有发现，出于好奇，她捡了起来。

另一边，沧澜见何小妹收手了，便开始审问："你做的这一切只是为了我以及我身上的宝物吗？"

沈惜艰难地睁开眼，咽了咽口水，气若游丝地说："我们做个交易吧。"

"你还有资格跟我们做交易？"凤月嗤笑道。

"难道你们不想知道幕后主使是谁吗？清平山的法阵根本不是仅凭我的能力就能画出来的。我还可以告诉你们一件能复活霓月的法宝以及解开三米限制的解药，只要你们放了我！"

"呃？"沧澜挑眉道，"那你倒是先说说幕后主使是谁？"

"你们先答应放了我，不然我是不会告诉你们的。"沈惜坚决不松口，"以心魔起誓！"

沧澜闻言沉思片刻，点了点头，道："好，我答应你，如果你说出一切，我们便放你走。"

"难道你想放虎归山，再留后患吗？"凤月立刻喝止。

"沧澜，这个人很坏，放了他只会有更多人受苦。"何小妹也劝道。

"我自有打算。"沧澜一意孤行，"这下你可以说了吧。"

"好，爽快。"沈惜立刻答道，"幕后主使是一个法力高强的上仙，他每次跟我见面时都戴着面具，不过有一次他摘下面具的时候我看到他是异色瞳。而能复活霓月的法宝则是天宝仙君手中一件名为'天宝乾坤'的玩意儿，这东西能检测到神魂的强弱，还能提高复活的成功率。天宝仙君在秋明山，你可以去找他。"

异色瞳？沧澜沉思，在仙界有异色瞳的仙人，据他所知，除了古溪，其他的基本都过着闲云野鹤隐姓埋名的生活，看来他的猜测果然没错。

"解药呢？"他继续问。

这一刻，他的心情有些复杂。一方面，他希望自己的法力不再受限于何小妹；一方面，他又想起何小妹在幽泉之境说的那番话，有些舍不得与她分开……

"在我怀里有一个青花瓷瓶。"沈惜扭动身体，"里面装有两颗解药，你跟何小妹服下就行了。"

沧澜听后，伸手朝沈惜身上探去，然而他翻遍了都没能找到所谓的"青花瓷瓶"。

凤月在旁看得焦急，他巴不得何小妹跟沧澜"一刀两断"，于是也上前帮忙找，最后还把沈惜脱得只剩下一条裤衩了。

沈惜虽然是妖，还是只坏妖，但他也有羞耻心。看了眼在旁两眼发直的何小妹，他赶紧道："小瓶子可能在打斗的时候丢了，我真的没有藏起来！"

注意到沈惜的眼神，沧澜也反应过来了，阻住了凤月想把他"脱光"的动作："他不像说谎。"说完，他还用眼神示意凤月"何小妹在旁"。

不过凤月明显理解错了，他"喊"了一声，然后起身道："我比他好看多了，小妹要是想看，找我就行，谁要看他，不怕长针眼啊。"

"小妹是姑娘家。"沧澜提醒道。

"那又怎么样？"凤月满不在乎。

"男女有别。"

"大不了我娶她。"

"你……你这话可不能乱说。"

"怎么？难不成你想娶她？"

"……"

第一次见沧澜被自己逼得哑口无言，凤月心情大好，也当是为何小妹出了口气。

真是的，暗恋有什么意思嘛！

凤月和沧澜的拌嘴声不小，但何小妹完全没听进去，因为她所有注意力都被那个"小青花瓷瓶"吸引住。

那就是解药？她到底该不该交出来呢？如果她和沧澜服下后，是不是就要分道扬镳，从此再也不相见？可是……可是她还不想与他分开。

思绪万千，何小妹内心极度挣扎。她从小到大从没干过坏事，就算揍人也揍得光明正大，然而现在……

"小妹？小妹？"凤月凑到何小妹耳边叫道。

"啊……啊！怎么了？"何小妹终于回过神，同时下意识地握紧了手中的瓶子。

"你发什么呆呢？我叫你好几声了。"凤月上下打量她，"你不会在想什么坏事吧？"

"才没有！"没有做坏事经验的何小妹立即大声反驳。

"你……你太激动了吧？"凤月感叹，"我知道你傻，但也不用这么激

111

动啊，我还不知道你什么性格……不对啊，我们认识没多久，我怎么知道你什么性格？不过话说回来，为什么我第一次见你就觉得你有种熟悉的感觉呢……"

最终，凤月成功地绕开了何小妹不正常的反应，而沧澜也没注意到，又或许是他没往这方面想过。何小妹最终咬咬牙，什么也没说。

由于解药丢了，沧澜便问沈惜要了解药的配方，打算自己去炼，并遵守承诺放了他。只是在解开捆妖绳的时候，他毁了沈惜的内丹。

沈惜虽然气愤不已，但也没法反抗，更没法说沧澜不守信用，因为他万万没想到他们竟然这么坏，原来这就是他说的"自有打算"。

这年头，怪不得坏人难当，敢情是好人都聪明了啊！

结束了一堆糟心事后，何小妹觉得自己快散架了。下山后，他们没有急着去秋明山找天宝仙君，而是来到附近的小镇稍作休息——主要是何小妹要休息。

"沧澜，你身上的伤好了吗？"趁凤月出去打探天宝仙君的消息，何小妹问道。大概是确认了仇人，凤月对此十分积极。

"嗯。"沧澜点头，答完又觉得自己的话似乎太过简洁，于是补充道，"仙人有治愈术，只要不伤及内丹，伤势都能较快痊愈。"

"跟书上说得差不多呢……"何小妹感叹，语气中很是羡慕。

沧澜想起她想修炼的心思，开口道："你……"

"不好了！天宝仙君被虎妖王捉住，并且准备公众行刑了！"突然，凤月推门而入。

第五章

Chapter 05

寻找法器，再生波折

凤月话说完，三人便立即飞往秋明山。

启程时，凤月本想带何小妹同行，结果被沧澜抢先一步。一路上，凤月一会儿用莲花形状的飞行法宝，一会儿用毛毯形状的飞行法宝，一会儿用四周挂着帷幔的雕花大床的飞行法宝，还带花瓣雨。再看何小妹那边，她和沧澜两人一起站在不过三指宽的天琅剑上。

"幼稚。"沧澜瞟了他一眼道。

"我这叫享受，怎么样，嫉妒啊？"凤月挑衅道，说完笑眯眯地看着何小妹，"小妹，要不要跟我一起飞啊？"

"还是不了。"何小妹老实摇头，"你那床看起来挺沉了，我怕掉下去。"

凤月沉默了。

这只是外表像床而已啊！

沧澜适时打击道："叫你装。"

全速飞行，三人不一会儿就到达秋明山了，但是眼前的情况十分不妙。此时，秋明山乌云盖顶，四周一股煞气。

"这是怎么了？"何小妹为凡人，虽然看不到煞气，但周围莫名变冷的温度还是让她升起了一股不好的预感。

"煞气。"沧澜眯着眼望向山中，"而且死伤不少。"

"死伤不少？"何小妹不解，望向凤月，"不是说只有天宝仙君一人被抓吗？"

"这，这我也不知道啊……"凤月也愣住了。

"天宝仙君的消息，你是从何得知的？"沧澜望向凤月问道。

"我是从秋明山山神那里打探到的。"凤月回答。

"那山神不会是什么妖怪假装的吧？"何小妹突发奇想问道。

"不可能……"

"仙人身上有仙气，是妖怪模仿不了的。"沧澜和凤月同时开口。

"喊，我自己也会解释，谁要你多嘴……"凤月还记恨飞行之时的事，语气不满。

"行了，别争了。"见凤月有继续抱怨下去的趋势，何小妹呵斥道。也不知道凤月是不是上辈子跟沧澜有仇，除非大难临头，否则他必跟沧澜唱反调，"你有没有问过山神，天宝仙君到底做了什么坏事才被抓起来的？"

凤月对何小妹的呵斥感到委屈，但还是乖乖回答："据说是因为他在万妖宴上公然调戏虎王箬素，所以才被擒了。"

这是耍流氓啊！何小妹感叹。自从认识了沧澜和凤月后，确切地说是凤月，仙人高大的形象已经在她心中一降再降，更别提现在又碰到个耍流氓的天宝仙君。

"我们赶来秋明山只用了半日时间，这期间能发生的事情有限，我们先

进去查探一下吧。"在外围稍稍看了看，沧澜决定道。

"不会是什么千年老妖要出世吧？"何小妹有些心虚道。

讲实话，每当她想起沈惜那件事的时候，就觉得自己在拖后腿，看眼前这阵势，如果有妖怪的话，肯定比沈惜厉害……

"不会出事的，你放心吧！"凤月见她缩头缩脑的样子很可爱，故意逗趣道，"最多断手断脚，死不了的。"

何小妹怒目相视，凤月立刻收起笑脸，假意看风景。

见何小妹担忧的模样，沧澜有些失落。他们已经出生入死那么多次，难道她还不信任他吗？于是主动道："我会保护你的。"

听得此话，何小妹心中一动，沧澜这是在乎她吗？但随即又神色黯然地小声嘀咕道："就是因为这样，我才不想成为你的累赘……"

沧澜微愕，心中流过一丝暖意，难得笑道："你这么重，提着你的时候的确挺累的。"

"那刚才你还跟我抢！我上次可是跟小妹说了，有机会坐我的飞行法器呢！"凤月立即抬杠。

沧澜扫了他一眼，冷冷道："太沉。"

能不提这事吗？我还没说你的剑站不稳呢！

不过因为这个小插曲，何小妹倒是心安了不少，同时也暗暗发誓，后面一定尽量不给沧澜惹麻烦。当然，她还有个更大的保障——小青花瓷瓶。

深入林中前，凤月和沧澜都将武器拿在手上。凤月向来喜欢收集奇奇怪怪的东西，这次有了准备，也掏了一大堆给何小妹选。

"小妹！你看看，我这里什么都有，你喜欢什么就用什么。"指着像垃圾回收般堆在地上的法器，凤月兴奋地对何小妹说道。

"有刀，有剑，有锤子……怎么还有手帕啊？"何小妹扫了一眼，惊讶道。

"这可是女仙们大爱的防御法宝呢！"凤月解释道，"是由千雪蚕吐的丝炼制而成，顾名思义，这千雪蚕……"

"法器需要仙法催动，你忘了吗？"凤月正解释得开心，沧澜打断道。

"啊！"凤月一脸茫然，确实忘了。

对于像小孩子一样老想着在何小妹面前炫耀的凤月，沧澜也懒得再打击了，转而从怀里拿出几张符咒，递给何小妹道："这是我昨晚画的，你拿着吧，以备不时之需。"

"啊……谢谢。"少女心再次冒出头，何小妹接过后，满脸甜蜜。

"哼！"凤月哼了一声，随手从一堆法器里找出某件递给何小妹，"小妹，这个你也拿着！就当平常武器用也行，它可是削铁如泥，万一碰到野兽什么的……"

凤月话没说完，忽然觉得何小妹的气息不太对，他低头一看，自己随手拿的竟是一把酷似屠宰刀的武器。

这大概就是缘分。

带上符咒和屠宰刀——不对，据凤月所说，此刀名为"降魔"，三人总算正式前行。只是他们没走多久，就看到了极其震惊的一幕。

林间雾气缭绕，同时地上还有不少妖怪尸体，其数量和手法的残忍，绝对不亚于当初何小妹看见的被沈惜所杀害的妖怪。

"这，这是谁做的？也太残忍了吧！"何小妹忍不住惊叹。

沧澜在她出声后下意识挡在了她身前。一方面，他不愿再让何小妹见到如此血腥的画面——哪怕何小妹本人并不怕；另一方面，他担心周围还有埋伏。凤月则上前查探。

"这些妖怪是被仙器所伤！"检查完，凤月神色凝重道。

"仙器……"沧澜若有所思，眉头紧皱。如果是仙人屠妖，那事情便严重了。

自仙魔大战以来，因双方损失惨重，两界商议后一致同意停战调息，以后井水不犯河水。如果这次事件真是仙界所为，那大战的二次开启不可避免。

"这里发生的事情如此严峻，难道在我们之前没人发现吗？"沧澜皱眉道。

"大概是事发突然吧，或者……"凤月话说一半，望向沧澜。沧澜也正好望向他，两人眼中露出的讯息一致——除非凶手刚离开不久。

有了这个猜测，两人越发戒备起来，一左一右走在何小妹身边，再次深入林中。

他们沿着小路往山顶走去，希望能找到一两只侥幸存活的小妖，问清事情真相。

"你们说，会不会是沈惜故意引我们来这里的？"途中，凤月突然假设道。

沧澜略微思索一下，点点头："有可能。"如果这里有能复活霓月的法宝，就算是刀山火海他也会来，中计是必然。

"如果引导我们来的人是他，那幕后黑手必是古溪无疑！"提到古溪，凤月咬牙切齿。

凤月的话音刚落下，还没来得及骂上两句"王八羔子"，何小妹一个"阿嚏"彻响震天。

"不知道为什么，我突然，突然觉得好冷……"见凤月和沧澜都望向自己，何小妹回答道，她说话时，上下牙齿忍不住"咯咯"打战。

"冷？"凤月脸上透露着疑惑。身为仙人，他们确实对冷暖的感触不大，但是很快，他不需要感受也知道了。

呼吸间，空气中凝出一道道白雾。紧接着，白色的寒霜由远至近，覆盖上草地、树木、妖怪的尸首……渐渐向他们逼近，并将他们包围起来。

沧澜第一时间筑起了防护罩，然后拉起何小妹的手，用法力为其驱寒。

"好点儿了吗？"注意四周的同时，沧澜低声问道。

何小妹看着两人紧握的手，心跳如擂鼓，表面强装镇定地"嗯"了一声："好多了，你不用担心我。"

"龟孙子，竟然偷袭！"凤月在旁骂骂咧咧，他回头一看，见沧澜竟然牵着何小妹，而何小妹则面色娇羞，心中不满的情绪顿时冒了出来。

想了想，他灵光一闪，从百宝袋里掏啊掏，掏出了一件红色披风。

"这玩意儿可以驱寒，且不需仙法驱动！"没等何小妹回答，凤月不由分说地把披风给何小妹系上了，同时不着痕迹地分开了两人紧握的手。

看着凤月对自己挤眉弄眼，何小妹深刻地体会到了什么叫帮倒忙。不过这样也好，拥有得少些，放手时就不会太难受，而且看沧澜的模样，似乎也并不在乎。

握着何小妹的手时没什么感觉，但松开她的手后，沧澜心底冒出了一种

十分奇异的感觉，似是不舍，但是他不愿承认，他心里只有霓月，其他人都不应牵动他的心神。

寒冰被挡在了结界外，沧澜和凤月不费吹灰之力就将之清理干净了，整个过程简直是雷声大雨点小。不过就在他们准备继续前进时，又有无数藤蔓自他们脚底的草地钻出，似是要将他们捆住。

见状，何小妹反应极快，手起刀落，脚边瞬间空出一大块。

"看吧！我就说削铁如泥！"凤月得意地眨眼，"就是你砍它们时的样子不太好看。"

难道不是因为刀的原因吗？何小妹懒得反驳。

"寒霜、藤蔓，这都是些低等法术，顶多起到牵制作用，完全不像屠杀妖怪之人的毒辣手段。"等四周清理干净，沧澜分析道，"大概是附近小妖自保的手段。"

"既然如此，我们分开找吧！"凤月说道，"你一路，我跟小妹一路。"

凤月说完，沧澜看都懒得看他，指着某个方向道："你去那边，我跟小妹去这边。"

"凤月，你是不是忘了我跟沧澜不能分开超过三米？"何小妹好心解释。

凤月轻哼一声没回答，倒是沧澜主动道："他当然记得，他只是不跟我作对就浑身不自在而已。"

被说中心思，凤月倒是没有尴尬之意，只是心不甘情不愿地走到何小妹身边，捧着她的脸，一脸深情道："小妹，我不在的时候，你要好好的，如果遇到什么危险，自己赶紧逃就是了，千万不要好心去救这个害人精。"

何小妹想反驳，但是凤月手中的力气渐大，直接将她的脸挤得变形了，根本说不出一个字。

"嗯，你知道就好，那我走了。"凤月继续自言自语，不给何小妹回答的机会，便一阵风似的消失不见。

这样自欺欺人真的好吗？

凤月离开后，沧澜带着何小妹继续前行。路上，沧澜时不时停下查看蛛丝马迹。每当他回头去叫何小妹时，都能看见一幅"红披风飘飘，少女手持屠宰刀"的画面。

最后，两人来到了一座素雅怡然的小院。只是如此幽雅的地方，仍然无法掩盖飘散在空气中的血腥味。沧澜循着血腥味到院内探查了一番，便看到不少妖怪尸体。恰巧此时，院外响起一阵嘈杂声。

沧澜和何小妹走到外面一看，小院四周围着一群怒气冲天的妖怪。

"怎么突然冒出这么多妖怪？"何小妹小声嘀咕。

"怕是有所预谋吧。"沧澜回应，"别怕，跟紧我就行。"

"嗯！"何小妹重重地点了点头。

安慰完何小妹，沧澜再次把视线放到周围的妖怪身上，问道："天宝仙君呢？"

"天宝仙君？"一只头上长着角的妖怪语带嘲讽，"你杀了我们这么多同胞，伤了箬素大人和你口中的天宝仙君，现在还敢来问我们？"

啊？沧澜伤了他们？

听到小妖的话，何小妹就差哈哈大笑了，这牛也吹得太没边了！

121

"我们刚来不久，怎么可能是我们干的？"她反驳道。

"你敢说你们不是来取天宝仙君手中的天宝乾坤的吗，沧澜上仙？"另一个年纪颇长的老妖冷哼道。

"我确实是为了天宝乾坤而来，但作恶的人并不是我。"沧澜淡然道。

"坏人会说自己是坏人吗？"先前的小妖立即反驳。

"那你告诉我，我是什么时候开始行凶的？"沧澜顺势接道。

"就在两日前。"老妖以为沧澜欲擒故纵，冷冷开口，"箬素大人捉了天宝仙君绑在后院，你突然闯了进来，然后不分青红皂白开始动手。天宝仙君拦下了你，箬素大人则保护我们逃走，可你仍不满足，开始虐杀无辜！"说到后面，老妖布满褶子的脸都在发抖，"你说，你这样还配当仙人吗？"

两日前？沧澜开始回忆，这样算起来的话，刚好是沈惜败在他手上之日。后来，他们在山下不远处的小镇休息了一番，看来，从那个时候起，古溪便一直暗中监视着他们……不，准确来说，或许是从他进入清平山那一刻开始。

"那天宝仙君呢？我也把他杀了吗？"沧澜继续问。

"叽叽歪歪说那么多干吗？直接把他杀了为兄弟姐妹们报仇！"赶在有人回答前，一只手持巨棒的熊妖站了出来，"被冒充肯定是他的开脱之词，我们一起将他擒住！"

熊妖一番话说得围观人群气势高涨，沧澜也看出再问下去毫无意义，拉着何小妹便飞往空中。

这群妖怪真是实力低下，连个会飞行的没有，只能在底下叫唤，沧澜无意为难他们，直接离开了，决定去找凤月。

另一边，凤月四处探查后发现了一个隐秘的阵法，他费了一番工夫才进去。

　　"好家伙……"进去后，凤月四处打量了一番道，"要不是我有专门发现阵法的宝贝，还真难注意到这里呢。"站在阵外时，他看见的是一面普通的山壁，是条绝路，进来后却发现并非如此。

　　又往前走了一段路，凤月连续发现好几个阵法，兜兜转转才来到一棵大树前。他绕着树走了几圈，然后伸手拍了拍树干，听到咚咚的回声。

　　"空的？"他疑惑道。想了想，从旁摘了棵草，极快地编了个蚱蜢，然后掐了一个法诀印在蚱蜢身上，再往地上一抛。蚱蜢刚落地，便一蹦一跳地走了。

　　做完这一切，凤月打断树干，给自己罩了个防御结界，便跳了下去。而随着他双脚落地的那一瞬，危险的气息紧逼而来。

　　"还好我反应快。"躲过袭击，凤月看着自己刚刚落脚的地方多出一个大坑，笑眯眯道。

　　听到他的声音，攻击之人也诧异道："你是谁？"是个女人的声音。

　　凤月闻声回过头，没有回答，而是掏出了一个瓶子，然后抖了抖……

　　在他做这个动作时，靠在最里面的箬素和天宝仙君面色肃穆，似是怕他掏出什么暗器，然而……

　　"这里面也太暗了吧。"看着从小瓶子飞出的能发光的生物，凤月嫌弃道，"这可是我从碧波仙子那里借来的'碧火虫'，总算派上用场了。"

　　"你是凤月？"听到这话，天宝仙君问道。

　　"咦？你知道我？"凤月面带喜色。

　　天宝仙君点点头，面色怪异道："我曾听闻碧波仙子养了许久的'碧火虫'被人偷走……"他没有直接说凤月的名字。

　　"什么偷！"凤月立即跳脚，"我这叫借，后来我给她送了一群'巨灵兔'，算是以物换物吧……"

　　"传闻身材娇小，但胃口巨大，跟凡界的'蝗虫'有得一拼的'巨灵兔'？"这回开口的是箬素。

　　这两人怎么这么讨厌，他本来还想帮他们呢！

　　"对了，伤你们的人是谁？"

　　说到这个，天宝仙君一改之前的轻松，箬素也沉下了脸。

　　"是一个我们都知道的人。"天宝仙君深吸了一口气道。

　　"古溪？"凤月猜测道。

　　天宝仙君摇摇头，露出一个嘲讽的笑容，缓缓道："是沧澜。"

　　"不可能！"凤月立即反驳，虽然他讨厌那家伙，可他们一路都在一起，这也太扯了！

　　"我当然知道不可能。"天宝仙君接着道。

　　"那你的意思是……"凤月皱眉，随即反应过来，"难道是冒牌货？"

　　"没错！"天宝仙君点点头，"作恶之人化作沧澜的模样，不但伤了我，还杀了秋明山一半以上的妖怪。"

　　凤月的脸色也凝重起来，追问道："具体经过是怎样的？"

　　"两日前，箬素将我绑在后院没多久，沧澜便闯了进来，然后一声不吭地动起手。我奋力抵抗，箬素带着其余妖怪离开。后来，沧澜在重创我之后追随而去，在秋明山大开杀戒。"

"这么明显的陷害，也太低端了吧！"凤月听后不满道。

"可是这样低端的手段却对小妖们很管用，毕竟'眼见为实'。"天宝仙君接道。

凤月皱了皱眉，觉得天宝仙君说得确实有道理。

"我刚刚还给沧澜他们发讯息，让他们来找我呢，现在看来，我还是先去找他们吧。"凤月说完，拿出一个小瓶子丢给天宝仙君，"这是疗伤的药，能加快你疗伤的速度。"

"近来，妖魔两界似乎并不太平，而我之所以在万妖宴上调戏箸素，也只是为了能名正言顺地留在她身边保护她。"天宝仙君接过药瓶道。

凤月听后没说话，倒是箸素别扭道："谁要你保护！"

"是是是，那以后就劳烦娘子保护为夫了。"天宝仙君靠在她耳边轻声道。箸素瞬间从脸颊红到耳根。

见此，凤月打算离开，箸素及时拦住他道："这里都被你破坏了，我们待会儿会转移到东面的巨石群处，到时你拍一拍其中最圆的那块石头，便会出现入口，不要再暴力解决了。"

听到"暴力解决"，凤月脸色一僵，点了点头，起身飞出了山洞。

与凤月那边的顺利不同，沧澜和何小妹刚离开没多久，又被另一拨妖怪缠上了。这次缠住他们的妖怪比先前的厉害，至少能飞。为了照顾何小妹，沧澜将战场转移到地面。

"你们不是我的对手，我也不想滥杀无辜。"落地后，沧澜道。

这句话的潜意思是"你们赶紧走吧，别不自量力了"。不过他不是凤月，说不出这么不要脸的话。

“我们不需要你猫哭耗子假慈悲。”一位蟒蛇妖大吼道。

“对！反正你杀的也不少了！”他的同伴附和道。

何小妹闻言，五官都要皱成一团了，觉得十分冤枉：“我们真的是才到这里，凶手也不是沧澜！如果是我们做的话，我们早就跑了，干吗还冒着被你们发现的危险在这里瞎转？”

“你们自然是为了天宝仙君的法宝。”突然，另一个声音响起。与此同时，何小妹敏锐地察觉到沧澜的周身气息产生异样波动。

两人侧头望去，一位同沧澜打扮相似，不过长袍颜色偏深的男子从林中缓缓走了出来。

“这人是谁？”何小妹低声问。

沧澜顿了顿，眉头微皱，答道：“古溪。”

“啊？他就是……”何小妹大惊，话没说完，下意识捂住了自己的嘴。

古溪注意到何小妹的反应，他若有所思：“看来这位姑娘似乎对我有所耳闻？”

何小妹放下手，但没有回答，而是往沧澜身后缩去，防止自己被当成靶子。不管是之前的清平山上的黑熊妖，还是沈惜，都喜欢拿她当目标借以扰乱沧澜的思绪。这古溪既是幕后主谋，想必手段只会比他们更流氓。

何小妹不愿意回答，古溪也不会追问。再说了，他对何小妹的反应可是心知肚明，所以答案也并不重要。

把视线放回沧澜身上，古溪继续道：“沧澜，你为了收集能复活霓月的仙草和法宝，来秋明山滥杀无辜，现在我要将你押回昆仑山审问受罚。”

“是吗？”沧澜反问，“我看你的目的不止如此吧？”

古溪轻笑，并不回答，随后又转向何小妹道："你的品位可比以前差了不少。"

听到这话，何小妹很不厚道地脸红了，而沧澜则森然道："休得胡说！"

"胡说？"古溪笑得更欢了，"你若是一心想复活霓月，又为何带着这个小姑娘碍手碍脚的？你若是一心一意爱着霓月，又为何对别的女人如此好？你别告诉我，你心里没有她。"

闻言，何小妹总算明白为什么古溪这么惹人厌了。他还真是哪壶不开提哪壶，专往人伤口上撒盐。

然而对于沧澜来说，古溪的话就像是敲响在他脑中的警钟，他看似回答古溪，实则也是在警告自己，沉声回答道："我一心只为霓月。"

这个答案在何小妹意料之中，但她还是心头一痛。

"反正无论你喜欢谁，你都要为你所犯下的罪孽受到惩罚。"古溪继续道。

"证据呢？"沧澜冷冷回应。

"我当然有证据，哦，不，是证人才对。"古溪笑得得意。他话音落下，沈惜从一旁走了出来。

沈惜应该在旁藏了许久，沧澜注意到旁边有个隐匿法阵。

"沈惜？"何小妹瞪大了眼。

听到何小妹叫自己，沈惜轻哼一声，站在古溪身边，狐假虎威道："我的内丹便是被沧澜所废，他在狼月山取得息壤之后还需要寒月草，由于我们不知道，所以无法告诉他，于是他一怒之下在狼月山大开杀戒。随后我无意

中得知他下一个目标是秋明山，便急急赶来，可不承想我还是来慢了！"说到这里，他一脸痛心疾首。

沈惜声情并茂的演说顺利推高了妖怪们的热情，大家口口声声要讨伐沧澜。何小妹被歪曲的事实气得发抖，吼道："你胡说！"

"沧澜。"古溪再次说道，"你为复活霓月而发狂，甚至不择手段，已在两界传开。虽然你师兄是莫澜仙尊，可这次他也护不了你。不过话说回来，霓月是被你亲手杀死，你现在的所作所为……"

"闭嘴！"沧澜厉声道。与此同时，周遭气流瞬变，落地的树叶被一阵风卷起，势如破竹地朝古溪冲去。

古溪挥手挡下沧澜的攻击，笑得越发放肆："你不过是出于愧疚才想复活她，并不是真的爱她。"

"不！不是的！我是真心的！"沧澜大声反驳，此刻，他脸上的表情极为痛苦。

何小妹看着心疼，但她又打不过古溪，只好嘴上反驳道："你自己思想肮脏就算了，别以为别人都跟你一样！"说罢，她又对其余的妖怪道，"大家别被他们给骗了！这两人是一伙的。这一切都是他们做的，他们在故意陷害沧澜！"

何小妹说得振振有词，但在场的妖怪一个也不相信她。古溪见状大笑，何小妹还想再说什么，沧澜突然拉起她的手。

瞬间，何小妹只觉得自己脚下一空，短暂的失重后，古溪、沈惜，还有那群小妖都不见了。看四周的环境，她和沧澜似乎到了一个石洞里。

"可恶！"两人消失后，沈惜想去追，但赫然发现前面有一个结界。

"这才像沧澜的作风。"古溪却满意道，"这结界大概是他在我们交谈时画下的，而他后来表现出的怒气，应该也是为了转移我们的注意力。"他可不会当着众人的面轻易表现自己的情绪。

"那我们要去追吗？"沈惜问。

"等等吧。"古溪若有所思。

与此同时，凤月顺着"小蚱蜢"找到了古溪——其实他本来是找何小妹和沧澜的，但奈何两人刚刚离开。

凤月暗中观察，看见没被杀害的妖怪都聚集在一起，而古溪则犹如领导者般站在他们中间。

笑面虎。

他在心里暗骂。

过了一会儿，古溪独自离开了，凤月想了想，把天宝仙君和箬素藏身地的消息附在了蚱蜢上，并让蚱蜢去找何小妹及沧澜，自己则悄悄跟了上去。

古溪一路走到人迹稀少的小路，凤月看准时机准备偷袭，然而古溪却像早有防备般，瞬间避开了。

"好久不见，做魔兽的滋味如何？"古溪望向凤月笑道。

浑蛋，原来他早就发现自己了，从而故意引他来这里！

"太好了！"凤月咬牙切齿道，"不如你也试试吧！"

话音落下，凤月猛地抽出银色长鞭，在空中翻转一圈后，狠狠朝古溪脸上袭去。古溪唤出仙剑，眼疾手快地将其弹开。紧接着，两人过招越来越快，除了法术，还有贴身肉搏。

"龟孙子！上次你爷爷我刚渡完劫，情况不稳，所以你才能偷袭成功，

这次可不会那么容易了！"凤月狠狠道。

古溪笑而不语，同时拿出一个瓶子，将其打开后朝凤月倒去。

为了保险起见，凤月连忙罩了个结界，然而让他惊讶的是，从瓶子里倒出的液体沾到他的结界上后，竟然让他四肢一虚。古溪则趁着这个空当直接破开了结界，将其余液体也倒在了凤月身上。

"这是什么？"凤月大惊，他竟然四肢无力！

"玉虚峰的湖水。"古溪回答。

"玉虚峰？"凤月不解，"我可没听过玉虚峰的湖水有这能力！你不想说，也不用编这种蹩脚的借口！"

"这可不是借口。"古溪笑得神秘，"你可知道你是个什么东西？"

"你才是什么东西呢！不！你就不是东西！"

对于凤月的叫骂，古溪没回答，他慢条斯理地说道："你的本体是一株凤凰花，吸收天地灵气，生于玉虚峰，那玉虚峰的湖水便是你的死穴，沾上就四肢无力。"

凤凰花？凤月闻言微愣。他怎么可能是一株花？他自小修炼成仙，这肯定是古溪编来骗他的！

然而，不管凤月怎么想，古溪还是轻轻松松将他捉了起来，并带到了山神庙。远远地，他就看见山神站在门口对古溪点头哈腰。

"你这老小子，竟然跟他是一伙儿的！"凤月跳脚骂道。

山神没有回答，一副小人得志的嘴脸跟在古溪身后，而古溪就更加没空理他了，直接画了法阵，将骂声隔绝，然后对山神交代道："把消息传出去，说凤月在我手上，要想他平安无事，明日午时用天宝仙君和虎王来山神

130

庙交换。"

另一边，自从到达石洞后，何小妹和沧澜都没讲话，气氛十分尴尬。对此，何小妹很能理解，肯定是因为霓月。这也是她为什么不让风月告诉沧澜自己心意的原因。

"喀喀。"想了想，何小妹决定打破诡异的气氛，说道，"风月这么久不回来，我们要不要去找他啊？"

回应她的是沉默。

何小妹讨厌这样的沧澜，她觉得就算是大发脾气也比死气沉沉的好。

"沧澜，你别听古溪乱说，霓月……"

"霓月的事跟你无关。"一听到"霓月"这两个字，沧澜就像打开了某个开关似的，飞快打断道。

何小妹闻言像是被卡住了般，张着嘴，好半天才闭上，没再说话。不过与她相比，沧澜的心情也不好。他知道何小妹没有错，甚至是被他卷进来的受害者，但是古溪的话却让他思考了很久。

他爱霓月，可是他却亲手杀了她……后来，他以复活霓月为唯一目标，但又在此刻产生了裂缝……而这个裂缝不是别人，正是何小妹。

石洞里，两人各有所思，突然，林中响起整齐的声音，这是住在秋明山所有生物的声音。

听到声音的内容后，何小妹气得一刀劈在旁边的石头上，石头哗啦一下就碎了。

"他们竟然抓了风月！"她气呼呼道。

"看来山神也跟他们一伙了。"沧澜接道。

第五章 Chapter 05
寻找法器，再生波折

131

"为什么？啊！难道是因为这个……这个广播？"何小妹实在想不到什么形容词，她突然想到了镇长召集大家开会时的场面。

"广播？算是吧。"沧澜嘴角抽搐，"这法术只有一山之神才能用。"

"那我们真的要拿天宝仙君和虎王去换吗？"

听到何小妹的话，沧澜并没有马上回答。现在情况越来越糟糕，他不知道古溪葫芦里卖的什么药，又为何要让他去以天宝仙君和虎王换取凤月。或许他们知道他的秘密？可这样的话，古溪岂不是明摆着告诉他，他有把柄在那两人手上？

事情扑朔迷离，但无论如何，沧澜和何小妹都决定先找到天宝仙君和虎王再说。

秋明山地势广阔，树木茂盛，找起来并不容易，尤其是在对方还布了结界的情况下。

"怎么了？"见沧澜皱着眉，何小妹问道。

"他们应该是布了隐藏结界，并不好找。"沧澜摇摇头道。

"那怎么办？这秋明山这么大，我们还要防着'复仇'的小妖，根本不可能询问他人……他妖嘛！"担心凤月会被古溪折磨，何小妹急得都快哭出来了。

古溪第一次就把凤月变成了巨兽，不知道这次还会不会变成其他怪东西。

见何小妹为凤月着急的模样，沧澜心中有些不是滋味，不过他很快就压下了这异样的情绪。

后来，两人又找了一会儿，不过还是一无所获，就在此时，一只草编的蚱蜢朝他们一蹦一跳地蹦来了。

蚱蜢目标很明确，直接蹦到了何小妹面前，何小妹看着好奇，又见沧澜没有阻止，便伸手去拿。谁知，她拿到手上就响起了凤月的声音。

"小妹，我终于找到你了！"蚱蜢惊喜道。

何小妹闻言吓了一跳，哇的一声就把蚱蜢丢了。

蚱蜢翻在地上，肚皮朝天，半天转不过身，于是委屈道："你丢我干吗？"

何小妹没出声，谨慎地望向沧澜，似是求证。沧澜见状，心情瞬间好了起来，笑道："这是凤月的东西，不过是一个小法术而已。"

听到沧澜的回答，何小妹这才松了口气，然后再次把蚱蜢捡起来。蚱蜢落在她手心，一蹦一跳的，十分不老实。

"别说，它这不老实的模样还真像凤月。"何小妹笑道，这还是她第一次看见这么可爱的法术，之前碰到的不是火就是冰，"不过它是来干什么的呢？"

"里面应该有凤月给我们的信息。"沧澜回答。

"里面？"何小妹凑近蚱蜢，仔细看了看，一脸不忍地望向沧澜，"你不会是要杀了它吧？它就是几根草而已……"

对于何小妹的想法，沧澜不禁抚额，解释道："不必。"说完，他掐个诀，落在蚱蜢身上。

蚱蜢停了下来，接着，凤月着急的声音传来："我看到古溪了，我准备跟上去看看。对了，我之前还找到了天宝仙君和虎王箸素，他们现在在东面的巨石群。"

话到这里断了，顺利完成任务的蚱蜢也变成了平常的草编物件，安安静静躺在何小妹的掌心。

沧澜看见了何小妹脸上的失望，他本打算让蚱蜢"复活"，但一想这是凤月的，又不想这么做，于是只得装作没看见，说道："我们去找他们吧。"

何小妹点点头，顺手将蚱蜢放进衣服里，完全没想过"复活"的事。

不是她不想，也不是她怕麻烦沧澜，而是她不知道还有"复活"这回事。蚱蜢太过逼真，她下意识把它当成寻常活物了。

知道了目的地，两人很快便来到了巨石群。只是看着嶙峋的怪石，何小妹又愣住了。

这……凤月没说怎么联系天宝仙君和箬素啊！

"现在怎么办？"何小妹着急道。

"等。"沧澜看了看四周的景象，答道。

"等？"何小妹诧异，"再等下去，凤月就完了！"

听到何小妹的话，沧澜心中那点儿不舒服又冒出来了。他想问，如果他和凤月同时有难，何小妹到底会先救谁。只是这个念头刚出来，便吓得他一身冷汗。刚好一道人声响起，阻止了他胡思乱想的念头。

"你们终于来了。"

第六章

Chapter 06

诡计重重，交换霓月

巨石因触发机关而被推开，一个男子从黑暗中渐渐走了出来。毋庸置疑，此人便是天宝仙君。他在确认两人身份后，迅速将他们请入了洞中。

从过道到室内，一路有夜明珠为灯，何小妹看得目瞪口呆，天宝仙君解释道："凡界这些东西对我们来说没什么用，你要是喜欢，抠几颗便是。"

何小妹急忙摇头："我不要，我只是吓到了而已，这真的是夜明珠吗？"

"嗯。"天宝仙君点点头，觉得何小妹的反应着实可爱，便笑道，"这是我去南海游历时收集的。"

天宝仙君面容白净，一双桃花眼熠熠生辉，尤其是笑起来的时候。沧澜见何小妹看得脸色泛红，装作不经意地挡在两人间，阻绝了他们的视线。也亏得凤月不在，不然他一定要笑沧澜跟他"偷师"了。

不过，其实何小妹并不是被天宝仙君看得面红，只是她刚才去看夜明珠时，瞧见沧澜映着柔和光亮的侧脸异常俊美，才有这个反应。结果现在沧澜这么一动，她自然看不见了。

看着沧澜的后脑勺，何小妹心里失落，难道沧澜真的很讨厌她吗？

不一会儿，三人到达了客厅，此处日常用品一应俱全，箬素也在。

看见何小妹手中的"屠宰刀"，箬素眼睛一亮："我以为人界的女子都是弱不禁风的呢！"

"弱不禁风"四个字让何小妹想起了镇上其他姑娘，她看了看手中的"降魔"刀，道："我……我跟她们确实不太一样。"

"哎哎哎！这有什么啊！"看出何小妹暗藏的自卑，箬素一巴掌拍在她肩膀上，道，"柔柔弱弱有什么好，遇到点儿事就知道大惊小怪的，也帮不上什么忙。"

"可我似乎也帮不上什么忙……"

"嗨！不在那里尖叫就是帮最大的忙啦！"

好像有道理。

总之，箬素对身披红披风、手拿"降魔"的何小妹很有好感。旁边的天宝仙君也问道："凤月呢？他不是去找你们了吗？"

一提起凤月，何小妹的脑袋便垂下。见此状况，箬素猜测道："难道他死了？"

何小妹连忙摆手："没有没有，只是被捉了。"

听到这话，天宝仙君和箬素都露出疑惑的表情，何小妹则从身上拿出了那个蚱蜢道："这是凤月的，他把消息放在这里面，然后我们就知道了，这样才找到你们的。"

何小妹说得语无伦次，但还是能听懂。

"所以，你是来找我们帮忙去救他的吗？"箬素问道。

何小妹没回答，因为她不好意思说，倒是沧澜主动开口道："古溪让山

神传话，要我们拿你们去换。"

沧澜的话音刚落下，箸素嗖地一下抽出了武器。

何小妹看着一触即发的紧张气氛，不自觉地吞了吞口水，抛开心中芥蒂，默默挪到沧澜身后。

"如果我是来捉你们的，就不会坐下来跟你们谈了。"沧澜淡然道。

"那你来是为什么？"天宝仙君问道。

"我来这里有两个目的。第一是想要天宝乾坤，第二是想知道整件事情的真相。"

"你果然是冲着天宝乾坤来的。"天宝仙君了然道，冲箸素挥挥手，让她把武器收起来，坐下慢慢谈，"但我不会轻易给你，至于秋明山发生的事情，不过是古溪为了害你而设下的圈套。"

不轻易，就是还有机会。

"那你要怎样才能给我？"沧澜问道。

"至少得将这里恢复原状。"天宝仙君回答，"再说了，古溪是因为你才将这里弄得乌烟瘴气，所以你要负一部分责任。"

"好，我答应你，但是事情结束后，你要将天宝乾坤借给我。"

"没问题。"

既然想要得到法宝，便只有先解决古溪。不过沧澜还是觉得古溪并非天宝仙君所说只是为了害他才闹出这么大的动静，背后肯定还有什么阴谋。

"关于古溪这件事，我承认我有一部分责任，但我仍然觉得这一切不符合常理。"沧澜分析道，"如果他要害我，无须如此浪费时间和精力。或许这只是他计划中的一部分，秋明山内除了妖怪被杀外，还有没有其他特别的

138

情况？"

听他如此分析，箬素细想了一下，说道："在屠杀发生的前一天，秋明山上空的乌云和林间的雾气便未消散过。"

听到箬素的描述，沧澜皱起了眉头。发生如此大事，可魔族大祭司却还未插手调查，估计是乌云和雾气的原因封锁了消息。

气氛有些凝重，何小妹虽然知道他们在谈论很重要的事，可是对于她来说，现在更重要的是凤月。

"那凤月呢？我们什么时候去救他？"见沧澜他们还没提起救凤月的事，何小妹插嘴道。

看到何小妹那股紧张劲儿，沧澜十分不爽，但他还是强压下这股情绪，淡定道："要救凤月的话，需要天宝仙君跟箬素的配合，我们合力演一出戏。"

"你是说……"天宝仙君似笑非笑地看着沧澜道。

"没错。"

两人你来我往，眉目传情，剩下何小妹和箬素大眼瞪小眼，一头雾水。

"你俩倒是说清楚啊！"箬素最先受不了，说道。

天宝仙君闻言，立即凑到她身边，柔声解释道："其实很简单……"

他的话还没说完，箬素狠狠瞪了他一眼，意思是"你是在说我蠢吗"。

天宝仙君摇摇头，不敢再卖关子，气也不喘地说道："如果古溪想要我们死的话，那我们就将计就计，等我们'死'后，他们再救出凤月，然后我们再'复活'，指证古溪。"

"就这样？"对于天宝仙君的答案，箬素十分不屑。这样的计划，连三

岁小孩也觉得幼稚啊，"再说了，他又不傻，就算他相信了，那么其他妖怪呢？"

"你说的话，他们也不听？"何小妹问道。

听到何小妹的话，箬素更加气愤："最先受害的那批妖怪就是我的亲信，剩余的要么不是平常对我不服管教的，要么就是已经被收买的，你说有用吗？"

"或许可以这样。"沧澜接道，"你们照样假死，然后我把古溪引到你们附近，我们再趁其不备捉住他。"

"可行！"刚换过气，天宝仙君点头道，"刚好我这里有两枚假死的丹药，本来是想以后跟箬素闹着玩再用的。"

何小妹无语，假死还算闹着玩？不怕箬素把他给埋了？

"行。"沧澜赞同道，"事后我们再将他交给我师兄莫澜仙尊处置吧。"

商讨完毕，天宝仙君和箬素便离开了。为了让何小妹好好休息，沧澜也准备离开："你今天够累了，睡一会儿吧，我明天再叫你。"

"沧澜……"何小妹叫住了他，吞吞吐吐，有些不好意思道，"你能不能陪陪我？"

闻言，沧澜顿了顿，然后"嗯"了一声。

虽然何小妹一直表现得很勇猛，但她毕竟是凡人，平常也见不着这种场面。沧澜担心她吓到了。

屋子建在石洞里，床也是石床，但上面垫着柔软的皮毛，还有用羽毛缝制起来的被子，是真正的羽毛。为此，何小妹还新奇了好一阵，而且她总怕

"被子"会散。

躺在床上，何小妹半天没睡着，她拿着蚱蜢，满心都是担忧。

"你在担心凤月吗？"何小妹翻来覆去睡不着，沧澜自然是知道。

"嗯。"何小妹回答道，干脆坐了起来，"我担心古溪会对他不利。"

"不会的。如果古溪要害他，就不会让我们用天宝仙君和箬素去换。"

"但愿如此吧……"何小妹的情绪还是很低落。

沧澜不是第一次见到她这副模样，但这次却让他难受。

"你喜欢这些小玩意儿吗？"沧澜指着蚱蜢问。

何小妹被他问得一愣，随即才反应过来，点了点头："我又不能学习法术，对这些自然很好奇。"

何小妹不知道沧澜为什么问这些，而且他平常问的问题只跟霓月有关，或者是什么正事。

沧澜问完后也没再继续说什么，而是扫视了屋内一圈，最后找到一盆长得很像草的植物，拔掉几根后迅速编了起来……

"这是什么？"看着沧澜递过来的东西，何小妹眨眨眼问道。

这……一团圆形的东西是什么？上面好像还有四根伸出来的长条……等等，这该不会是手和腿吧？

何小妹刚这么想，沧澜便单手掐了个诀，然后往"小人"——姑且这么叫吧——身上一盖，小人便晃晃悠悠站了起来。

"小妹。"小人发出清脆的童音。

"啊！怎么不是你的声音？"何小妹又惊又喜。

"声音可以变的，你想要……我的声音？"

沧澜的脸色看起来有些不自然。

何小妹以为他是尴尬，急忙解释："不是的不是的，我只是以为谁做的就是谁的声音，现在这个挺好的，很可爱！谢谢！"

沧澜默默收起正准备掐诀的手："嗯，就算担心也要好好休息，说不定明天有一场恶战。"

"小妹，要休息才有力气。"小人附和道。

小人的身子圆圆大大的，四肢又短又小，再配上清脆的童音，十分可爱，何小妹被它逗笑了，说道："你说得没错，要休息！"小人用手摸了摸她的手心，似是夸奖她懂事。

"也谢谢你。"何小妹抬头对沧澜道。

沧澜点点头："我在这里守着，等你睡着了再离开。"

"嗯……"何小妹点点头躺下，把小人放在枕边，小人轻轻拍着她的头。

"那个……"何小妹刚躺下没多久，又面带担忧地开口。

"怎么了？"沧澜坐在石桌旁问道。

"它要睡觉吗？"何小妹指着小人问。

"按理说是不要的，如果你想它更人性化一点儿……"

"没事没事！"怕沧澜为难，何小妹赶紧回应，"那我睡了，晚安。"

沧澜再次默默收起正准备掐诀的手，说道："晚安。"

背对沧澜，何小妹看着活泼可爱的小人，心中甜蜜无比。她还给小人取了个名字叫"小兰"，然后心满意足地睡着了。

一夜无梦，次日，等何小妹醒来时，沧澜似乎已等待她多时了。

"不好意思！是不是我起得太晚了？"何小妹连忙道歉。

"没事，时间还没到。"沧澜道。

只是他这边话刚说完，天宝仙君的声音就传了过来。

"啊啊啊——我的白玉兰！"

"白玉兰？"何小妹疑惑道，小兰站在她肩膀上很人性化地挠了挠头。

"就是他养的一盆草。"箸素不以为然道，"说起来，那盆草倒是跟这小玩意儿很像呢。"

何小妹望向沧澜，沧澜抬头望天。

午时已到，四人如约来到山神庙，古溪早在门口等待，四周有不少妖怪蓄势待发。

"凤月呢？"何小妹最先开口。来之前，她早已将小人藏进了衣服里。不然小人此时必定会做出一手叉腰一手指人的泼妇骂街样了。

古溪没回答，招了招手，一旁的沈惜收到指示走回山神庙，然后将凤月押了出来。

凤月被押出来时，嘴角还渗着血，见到何小妹，他既无奈又感动。

何小妹看到他受伤了，当即担心道："凤月，你还好吗？"她这语气，总让凤月觉得自己似乎命不久矣。

"死不了。"他回道，还笑了笑。

沧澜见此觉得刺眼，开门见山道："你要的我已经带来了，你也该遵守承诺放了他吧。"

"我要的是他们的命，你给我带活的来干吗？我又不喜欢吃老虎肉。"古溪不甚在意。

第六章 Chapter 06
诡计重重，交换霓月

143

听到古溪的挑衅，箬素想站起来，可是由于被绑住了手脚，又啪地一下摔回了地上，只得咬牙切齿道："你再说一次？"

古溪没兴趣跟她耍嘴皮子："你要是想要换回凤月，就赶快杀了他们。"

闻言，沧澜毫不犹豫地唤出天琅，朝天宝仙君和箬素挥去。

"不愧有过经验，动起手来真是熟练。"古溪拍掌赞叹道。

"你到底放不放人？"沧澜没有理会他恶意的挑衅，问道。

"放人？"古溪笑道，"你觉得我会放吗？他只是引你们来的诱饵，看来你跟这个凡界女人在一起后，真是蠢了不少。"

古溪嘲笑的话让何小妹忍无可忍，沧澜也不再忍耐，挥剑冲了上去。

"你觉得你在带上一个累赘，而且周围还有那么多妖怪围攻的情况下，能赢得了我吗？"古溪不屑道。

在旁伺机而动的妖怪闻言，立刻亮出武器，将矛头指向沧澜和何小妹。但是沧澜并不畏惧，而是掐了一道雷诀朝古溪劈去。古溪不慌不忙张开玉扇抵抗。

玉扇在空中轻轻扇动，引得狂风大作，吹得妖怪们东倒西歪，沧澜以剑划开狂风，站在风暴中心，何小妹则紧紧窝在他怀里，不敢乱动。

狂风停下后，四周已不复原样，古溪说道："你以为你杀了这么多妖怪，用障眼法不让外界知晓，就能为所欲为吗？我已经接到莫澜仙尊的命令，要将你捉回昆仑山受罚。"

闻言，妖怪们情绪高涨，附和道："捉住他们！"随后从四面八方涌了过去。

沧澜化剑为气,将它们掀翻在地。何小妹也赶紧拿出昨天入山时沧澜给她的咒符丢了出去。

看着眼前的一切,何小妹在心中狠狠咒骂古溪的颠倒黑白。

好一个贼喊捉贼,明明全是他的阴谋诡计,却都栽赃在沧澜身上。难道这些妖怪都瞎了眼吗?

"你胡说!这些根本不是沧澜做的!像你这种胡说八道的仙人,一定会被打入地狱,入拔舌地狱的!"何小妹铆足劲吼道。虽然她不知道仙人死后是不是也会入地府。

"我乃仙人,区区凡人也敢在我面前说大话!"古溪森冷道。说完,他手中玉扇一摇,一道凌厉的风刮向何小妹,沧澜立即挥剑挡下。

"我是凡人又如何?我懂得黑白是非,不像有些仙人,只会在背后使坏,也不嫌丢脸。"仗着有沧澜保护,何小妹骂得更狠。

"你!"古溪何时被人这样骂过,手下的动作更加狠厉。

打了许久,古溪的攻击全被沧澜挡下了,周围的小妖也没派上什么用场,何小妹越发得意:"谁说我们沧澜在这种情况下打不过你的?"

听到何小妹那句"我们沧澜",沧澜的嘴角扬起一个浅浅的弧度。

"哼!"古溪有些气急败坏,他眯着眼,忽然像是想到什么,手一扬,五指收紧后,原本在一旁的凤月顿时落到了他手上。

"凤月!"见古溪掐住凤月的脖子,何小妹焦急道。

"你说啊,怎么不说了?"古溪笑道,"你说一句,我就伤他一下,让我想想,你刚才说了多少句?"随着古溪的话,他渐渐收拢五指,凤月无力挣扎,脸色泛青。

145

“卑鄙！你住手！”何小妹看得眼睛泛红。

但她越是求饶，古溪就打得越起劲，嘴上还叫嚣道："怎么不说话了？说啊！"

听到这话，何小妹只能捂住嘴，使劲摇头，泪水在眼眶里打转。

沧澜见何小妹如此紧张，心中不快的感觉越发明显。不过虽然心中介意，可是再不出手相救的话，凤月估计就熬不住了。或许眼下便是实施计划的好机会。

决定好时机，沧澜掐起诀，同时嘴中念念有词，一瞬间，地动山摇，沙土滚滚，天色骤变。趁此机会，他将两粒丹药塞进了天宝仙君和箬素嘴中。

做完这一切，沧澜欺身上前，试图把古溪往天宝仙君和箬素的方向逼去。古溪立马松开凤月，出手接招。一时间，两人出手十分激烈，何小妹贴在沧澜身上，被甩得眼冒金星。

古溪一心应战，不知不觉中便退到了天宝仙君和箬素身旁，他没注意到两人已悄悄起身，朝他袭来。

天宝仙君和箬素一人攻一边，古溪中了一招，随即快速躲开。

"你们骗我？"古溪半眯着眼，周身杀气凌厉。

"彼此彼此。"天宝仙君笑道。

"好，既然你们那么急着去送死，我就送你们一程！"古溪说完，朝躲在不远处的沈惜使了个眼色。

沈惜了然，立刻大喊道："沧澜来秋明山并不是取天宝乾坤，而是杀妖取内丹，以复活霓月。霓月乃魔君，要想复活她，这必不可少。可这种方法太过残忍，古溪上仙为了不让沧澜破坏妖魔界与仙界的和平，只好以身涉险，亲自将他捉回去，却没想到天宝仙君和箬素竟然助纣为虐！”

天宝仙君和箬素助纣为虐？对于这反转的剧情，妖怪们震惊了。

“胡言乱语！那你说我和天宝为什么要帮他？”箬素不屑道。

“多半是给了什么好处吧！”沈惜含糊回应，“反正大家千万不要相信他们，在狼月山上的妖怪内丹也是被沧澜取走的！”

沈惜的煽动很有力，被说服的妖怪蠢蠢欲动。天宝仙君扶着凤月，箬素则做出应战姿势。

“你看，你们注定要败在这里。”局势一边倒，古溪满意地笑道。

“你为什么要这么做？”沧澜问道，脸上并没有过多的表情。

“当然是为了阻止你入魔和杀害更多的妖怪。”沈惜虚情假意地笑。

沧澜不再与他废话，祭出兽符，口中念念有词，瞬间，无数只野狼朝古溪扑去。古溪快速用玉扇在空中画了一个笼子。蓝光闪过后，笼子落在地上，将野狼困在了里面。

沧澜试图挥剑劈开笼子，古溪却趁他分神的空当，以玉扇化剑刺向何小妹。沧澜见状一惊，来不及反应，只好用身体挡住了古溪的攻击。

“沧澜！”何小妹惊慌大叫。

“你不是要复活霓月吗？”古溪笑道，“我看你现在死了还怎么复活！不过，既然你复活不了，那么我就好心送你去见她吧！”

沧澜虽受了伤，但还是有反抗的能力。何小妹看着他硬撑的模样，心中惭愧。

她有解药，可是她因为私心没有交出来，而让两人陷入了险境。

“沧澜。”

在沧澜再次落了下风，与古溪隔开距离后，何小妹轻声唤道。

"怎么了？"沧澜低声询问。

何小妹咬咬唇，没回答，直接从怀里拿出一个小青花瓷瓶。

看着这个瓶子的时候，沧澜就有所感应了，他说不出心中什么滋味。

"这是我从沈惜身上无意中摸到的，应该能解开我们的距离限制。我不是故意要隐瞒，我只是……"后面的话何小妹没再多说，直接倒出了解药。一人一颗，其中一颗放在了沧澜手里。

眼下情况不容沧澜多想，他心中虽然有丝异样的感觉，但还是接过解药迅速吞下，并将何小妹送到箬素那边。

可是当他离开三米的距离时，并没有感受到体内的法力。他疑惑回头望向何小妹，何小妹立刻反应过来，将紧握在手中的解药送到嘴边吞下。

从这刻起，她知道，他们再也没有在一起的理由了。或许他一转身，就是永别。

沧澜的法力终于恢复了，不需分心去照顾何小妹，他的速度快了许多。古溪愤怒之际，骂了沈惜无数遍。

一番打斗后，沧澜以天琅刺中了古溪。古溪浑身散发戾气，不顾疼痛，用双手拔出剑，飞速退后。

"刚刚你刺我一剑，这是我还你的。"沧澜说完，再次发动攻击。

"你别得意！"古溪捂住伤口，表情狰狞。

另一边，何小妹已回到了凤月身旁，可是这边的战况不容乐观，光是对方的人海战术就能累垮他们。更别说他们四个人还有一个半累赘——凤月算一个，何小妹算半个，至少她还能把"降魔"当普通的刀用……等等，她似乎把"降魔"放入沧澜的百宝袋里了！好了，这下是两个累赘了！

天宝仙君保护凤月和何小妹，箬素击退敌人。由于箬素法力不弱，一时间双方竟成僵持状态，沈惜见状想去偷袭。

现在情况混乱，要得手也不难，他看准时机，趁凤月不注意，拿长剑朝他刺去。

"奸诈小人！"虽然四周混乱，但凤月一直注意着沈惜的动态，赶在沈惜得手前，他用长鞭卷住了对方的脖子，"在狼月山我就该杀了你！"

沈惜被勒得说不出话，只能发音不清地喊道："救命……"

凤月这次可不会再放过他，毕竟自己身上的伤也有沈惜的"杰作"，对于仇人，他可没有什么善心，还是这种言而无信的小人。

沈惜虽然解决了，可是眼下的危机仍未解除，就在这时，变故突生。原本攻击他们的妖怪竟然自相残杀起来……不对！似乎是新加入了一拨妖怪。

混战中，两只妖怪越众而出，它们来到箬素面前，恭敬地行了个礼道："箬素大人，您有没有受伤？"

何小妹看两只妖怪很眼熟，它们正是当初在小院围堵她和沧澜的妖怪之二。

"你们怎么找来了？"箬素有些感动道。

"箬素大人，后续的事情我以后再详细告诉您，眼下我们带来的手下并不能久撑，我们还是先到安全的地方躲一下吧。"老妖担忧道。

熊妖打头阵，箬素紧随其后，天宝仙君和凤月还有何小妹跟在中间，老妖断后，周围还有部分它们的同伴。

临走前，何小妹挂念与古溪战斗的沧澜——虽然沧澜此刻略胜一筹，可

万一古溪还有什么卑鄙的手段呢？于是朝空中大声呼喊了他的名字。

沧澜闻言，头也不回地应道："你们先撤，我随后跟上。"他话音落下后，攻击变得更加凶猛。

古溪难以抵挡，再加上先前受了伤，霎时喷出一口血："沧澜，你以为杀了我，就没人阻挡你了吗？你太天真了！你真以为你能复活霓月吗？不可能！你不可能复活得了她的！这一切只是你的痴心妄想，以前是，现在也是！"

什么叫不可能复活？听闻此言，沧澜浑身杀气四溢，剑气汇聚成一点，攻击如疾风般朝古溪袭去。不过古溪知道自己大势已去，早就做好了逃离准备，他最后劈了空。

古溪离开后，沧澜还停在半空中，他想着古溪所说的话，觉得他意有所指。他是说他无法集齐法宝和仙草，还是集齐了也没用？

不过他一时间也理不明白，只好先追上何小妹他们。

此刻，何小妹等人已经逃到了半山处，可后面仍有不少妖怪追来，就在众人艰难抵挡时，一道锋利的剑气自空中挥下，将地上的路分成两截。没来得及停下追捕的妖怪，像下饺子似的掉下去。

"沧澜！"何小妹欣喜，也放下了内心的担忧。

"走吧。"沧澜点点头算是交代，催促众人赶紧上路。

在熊妖的带领下，他们寻到一处隐秘的山洞，设下多重结界后，整顿修养。

"你没事吧？你的伤怎么样了？"何小妹跑到沧澜身边关心道。

"没事。"沧澜淡然回应，似乎刻意与何小妹保持距离。

斜靠在洞壁上疗伤的凤月看到这一幕，心中泛起一阵酸楚，不禁小声嘀咕："这个臭男人有什么好的！"

看到沧澜的反应，何小妹以为他是气恼自己隐瞒了解药的事，有点儿慌乱地解释道："其实解药我早就想拿出来了，不过一直没有合适的机会……沧澜，你是不是生气了？"

"没有。"沧澜的反应还是很淡漠。至此，何小妹没有追问下去，她也有自知之明，默默地走远了。

看着何小妹失落的背影，沧澜有些不忍，但他还是忍住了想要叫住她的冲动。他不管何小妹为什么要隐瞒解药的事情，现在限制已解，他还是跟何小妹越早划清界限越好。他注定会为复活霓月而奔波，这一路也注定不会太平……

"鹤长老，熊长老，你们不是已经……"等大家安顿好后，箬素问道。

听到箬素的称呼，何小妹看了眼老妖，一点儿也没看出它像什么鹤。

"其实我们并没有叛变，只是假装归顺而已。不然的话，我们也不会活着见到大人您了！"鹤长老激动道。

箬素摇摇头："没有，你们做得很好！"

熊长老被赞后，古铜色的脸一片绯红，它激动地想靠近箬素，不过被天宝仙君一脚踹了出去。还是鹤长老比较识趣，主动拉着熊长老出去"打探敌情"了，而其他小妖则被安排在另一个石洞里。

洞里阴暗，不似之前装修的那个，天宝仙君掏出几颗夜明珠照明，和箬素说着悄悄话。

"箬素，你说，何姑娘最后会被送回去还是跟我们一起？"天宝仙君小

151

声道。

"你怎么那么八卦？"箬素狠狠拍了一下他的脑袋。

"我这叫苦中作乐！"天宝仙君委屈道。

两人的话一丝不漏地传进了何小妹耳中，其实她也担忧自己会被送回去。为了体现自己的重要性，她故作深沉道："其实我已经猜到古溪这么做的目的了。"

何小妹话音落下，室内三人齐齐朝她看来。

"或许古溪知道了一个惊天大秘密，例如只要复活霓月，便会天下大乱，所以他才拼命阻止你。"何小妹见所有人的目光都集中到她身上，不禁深吸了口气，紧张道。

众人沉默。

良久，天宝仙君问道："你到底是站哪边的？"

何小妹一愣，随即义正词严道："当然，他这么做是不对的。"

凤月正在疗伤，直接被她逗得笑出了声："你是怎么想出来的？"

"说书先生都是这么说的。"何小妹低下头喃喃道。

天宝仙君也噗一声笑了出来："反正古溪性子阴晴不定，说不定还真被小妹猜中了。"

"对啊对啊！万一猜中了呢？"箬素也配合道。

因为何小妹的笑话——虽然她本人并不这么认为，气氛总算没那么沉闷了。

此时，天宝仙君走到了沧澜面前，拿出某样东西递给他，道："这法宝或许能帮到你。"

没错，天宝仙君拿出的正是天宝乾坤。

"谢谢。"沧澜接过后感激道。现下他已收集了大部分能复活霓月的法宝和仙草，眼下只欠一个时机。

"天宝乾坤是一个八面盘，乾坤代表阴阳、天地。"天宝仙君解说道，"当魂魄被打散在天地间时，只要将亡者的名字写在天宝乾坤内，便可检测到天下万物的灵魂与亡者灵魂的契合度。再通过契合度高的灵魂做媒介，收集飘荡在天地间的亡者灵魂。不过，这对作为媒介的灵魂伤害很大，极有可能变成痴呆或者死亡。"

沧澜耐心记下法宝的使用规则和方法，随后温柔地在天宝乾坤上写下"霓月"这两个字。何小妹凑近细看，只觉得这两个字写得饱含感情，满是执着与爱慕。

她心中嫉妒，趁沧澜不注意，戳了戳盘边。结果没想到她刚放下手，天宝乾坤忽然发出了耀眼的光芒。

"刚刚谁碰过它了？"天宝仙君问。

何小妹闻言有些腿软，暗骂自己不该多手多脚，现在好了，弄坏了她可怎么赔啊？

"是我碰了，但我保证我只是轻轻碰了一下，我没想到会弄坏它。"害怕沧澜生气，何小妹主动承认错误。

听到何小妹的话，在场几人的心情都很复杂。天宝仙君只说"没关系，这东西没坏"，眼神却一个劲儿往沧澜瞟去。要不是箬素拽住他，他的眼珠子都要掉了。

沧澜盯着再次暗下去的天宝乾坤，心里不知在想什么。

寻
月
谣

凤月眯着眼站在何小妹身边，有种"谁来我就弄死谁"的气势。

在场唯一不明情况的便是何小妹。她刚想问到底怎么了，凤月便道："我明天就带小妹回清平镇，你别打她主意。"

第七章

Chapter 07

紧逼追杀，牢里坦白

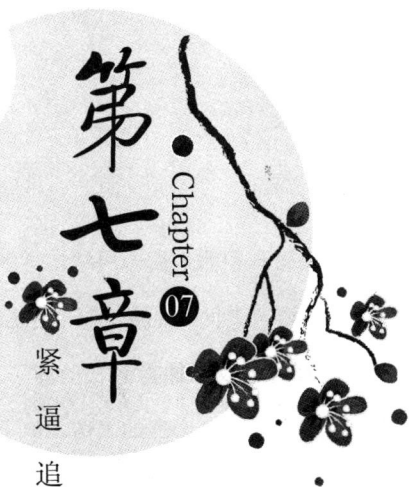

凤月的话像是揭露真相的最后一层纱，这下何小妹也明白了。沧澜则一边收起天宝乾坤一边道："我不会的。"一定还有其他方法。

闻言，天宝仙君终于收回伸得老长的脖子，箬素放心地看了何小妹一眼，凤月一副"算你有点儿良心"的表情。但是出乎他们意料的，何小妹却自告奋勇道："我可以！"

可以什么啊！凤月瞪了何小妹一眼，恨不得撬开她的脑袋看看里面装的是什么。

"不行，明天我就带你回家！"

"可是……我想留下来。"何小妹低声道。

也许爱到深处便是卑微，卑微到尘埃里，她不敢期望尘埃里还会开出花，但是她却控制不了自己的心。

凤月被这话噎了一下，咬咬牙，赌气似的把头扭向了一边。

而沧澜在听到何小妹说出"我可以"三个字时，便心脏微缩，内心也是五味杂陈。

静默再次袭来，就在大家各自沉思时，熊长老慌慌张张跑了回来，喊道："不好了！秋明山有大量妖怪进入，似是古溪邀请而来。鹤长老前去打探他们的目的了，不过可以肯定的是，肯定没好事！"

"管他想做什么，我一定不会让他如意！"凤月冷笑，新伤加旧恨，这仇报定了，而且他现在憋了一肚子火。

天宝仙君十分担忧："他让大批妖怪进入秋明山，如果只是以你杀妖的罪名，似乎说不过去……"

"妖界归管于魔界，这事魔界大祭司夜十二不可能不管，所以他们应该是偷偷进行的。以防万一，我们得去一趟魔界。"沧澜接道。

因为霓月的"死"，现在妖魔界由夜十二代为管理，找到他，或许能阻止古溪的行动。

"前去魔界的道路不太平，我去吧！"箬素当仁不让。

天宝仙君不放心，皱着眉头道："我陪你一起去，路上好有个照应，也能让夜十二更加信服。"

这事不能耽搁，经过大家一致同意，两人简单收拾了一下便出发了。熊长老带上其余妖怪护送两人出山，待他们走后，洞里就只剩下何小妹、沧澜、凤月三人了。

凤月在旁治疗，何小妹小心翼翼挪到他身旁，犹豫再三，说道："你别生气。"

"哼。"凤月轻哼一声。

"我……我……"何小妹不知该如何开口。

"你自己想送死，我可管不着。"凤月语气有些冲。

何小妹沉默了，她知道自己的行为确实相当于送死，毕竟天宝仙君说得

很清楚了。

见何小妹低头沉默，原本还气鼓鼓的凤月顿时消气了。他见过太多痴男怨女，如果可以的话，没人希望自己是爱情中的那个"傻子"。

"我只是不想你受伤……"凤月低声道，"在你惦挂别人的时候，也有人惦挂你……"

何小妹闻言努努嘴，半晌后说了句"谢谢"，除此她无话可说。

要怪只能怪命运捉弄吧，如果她早点儿认识凤月，也许就不会像今天这样纠结了。

跟凤月说开后，何小妹想了想，又移到了沧澜身边。

"你似乎有意跟我保持距离。"何小妹开门见山地说出自己的感受，"我不是不懂，只是……我并不介意。"

"你明白就好，我不想伤害你。"

何小妹摇摇头："你没有伤害我，我只是希望能留在你身边。"

沧澜不知如何回答，只得岔开话题："时间不早了，先休息吧。"

何小妹闻言也不再纠缠，转而学着他打坐的姿势，闭目休息。可是没过一会儿，她就四肢摊开，自由奔放地睡在地上了。

沧澜轻笑，想拿出些防寒的物件，但没想一件流光溢彩的"被子"从天而降，先一步落在了何小妹身上。

"被子"虽薄，但十分暖和，熟睡中，何小妹下意识露出一个满足的笑容。

"这是白玉鸟的羽毛加鲛人的鱼鳞混合而制，十分难得，但是为了小妹，我心甘情愿把所有最好的东西都给她。"收回盖被子的手，凤月道，

"她是个傻姑娘，但你不傻，你有自己的坚持。长痛不如短痛，我希望你能离她远点儿。"

说完这些，不管沧澜有没有决定，凤月像是守护般径直在何小妹身旁坐下。

四周一片寂静，黑暗中，沧澜双眼紧闭，紧握的手不住地颤抖。

第二日，沧澜是被洞外的吆喝声和脚步声吵醒的。他起身看了看，见外面围了一群妖怪。

由于洞外有结界，其实里面听不到声音，不过为了保险起见，他放宽了听觉，这才感知到。

他们是怎么找来的？沧澜疑惑。

"我身上有个专门寻找阵法的法器，但是被古溪拿走了。"随后起身探查的凤月主动道。

沧澜点点头，他回头一看，见何小妹也准备往这边走来。

何小妹想给沧澜一个"清晨的微笑"，但是她才扬起一边嘴角，沧澜就收回了视线。

凤月自然也看见了，他对沧澜的自觉很满意，于是主动问道："怎么办？出去还是待在里面？不过就算待在里面，他们手上有那法宝，迟早也会解开结界的。"

"那还能怎么办？"沧澜说道，"出去。"

临出去前，他把何小妹放在自己百宝袋里的"降魔"和披风还给了她。

"小心。"他简短道，率先走了出去。

拿着沧澜交给自己的东西，不知为何，何小妹有种"两人从此两清"的

感觉，心头不由自主涌上悲伤。

凤月看着不忍，转移话题道："你喜欢'白羽鲛鳞'吗？"

"是我昨天盖的那个被子？"何小妹问道。

"嗯！"凤月点头，"你喜欢的话送给你。它能自动调节温度，还能防火防水，十分方便，不过我所说的水火是指普通的水火。"

"那这对你们仙人不是没什么用吗？"她记得沧澜不怕冷也不怕热……不对，她怎么又想到沧澜了？

"其实我收集的这些东西大多就是为了好看！"

"是不是仙人都喜欢收集东西啊？"

"嗯？我记得沧澜不喜欢啊……呃，我不是故意要提他的。"

真是的，在一起久了，下意识就想到了他。

"你干吗跟我道歉啊！"何小妹笑道，只是声音听起来有些勉强，"我是说天宝仙君！他之前住的石洞里有好多夜明珠呢。不过话说回来，他们怎么老喜欢往洞里跑啊？没有个正经的房子吗？"

"我不喜欢人界那些财宝。"凤月识趣地接道，"至于山洞嘛，你看这秋明山什么多？"

"山，还有树。"

"那就是嘛，你说在这样的地方建一房子，目标也太明显了吧？"

"是啊！哈哈哈。"

两人闲聊着往洞外走去，沧澜早已不见了人影，凤月能感觉到，何小妹强颜欢笑的表情下是何等失落……

"你身为上仙，竟然到处杀害弱小，就算我们将你撕成八块，你也是罪有应得！"何小妹和凤月刚走出结界，便听到了一个底气十足的吼声。他们循声望去，见一位长着牛角、手持铁棍的妖怪，正气凛然地指着沧澜的鼻子骂道。

"啧啧，牛魔王，你说得倒好听，还不是为了他的法宝、仙草以及古溪的赏金，还真以为自己有多正义呢！"身穿花朵形状长裙的女妖翘着兰花指，娇声笑道，眼里尽是算计。在她身后，是一群花枝招展的美人，大家纷纷朝沧澜抛出媚眼。

古溪竟然发了赏金，何小妹愕然。

不给他们思考应对的时间，牛魔王和花妖互呛两句后，便大手一挥，朝沧澜冲了上去。

穿着暴露的花妖缠在沧澜身边，各种各样的花香缭绕，效果堪比迷香。何小妹怕沧澜被迷倒，唰地一下把披风往他头上罩去，口中还念着"非礼勿视，非礼勿视！"

被猝不及防罩了一块"红盖头"的沧澜很是无语，一旁的花妖也愣住了。不过他很快就反应过来，拿下"红盖头"道："这点儿小把戏我还不放在眼里。"随后祭出天琅，花妖们顿时吓得花容失色，拼命应对。

另一边，牛魔王对上了凤月。看着沧澜那边"花红柳绿"的，凤月愤愤不平。

凭什么啊！明明他美多了好吗？结果为什么是这只丑牛妖来当他的对手？

"哎呀！"为了吸引何小妹的注意力，凤月故意叫道。

"凤月，你没事吧？"

果然，何小妹立即举着"降魔"朝凤月跑来。

"有事有事！"凤月左手捂右手，"断了！"

手断了？这还得了！想起凤月之前受伤的情景，何小妹瞬间跟打了鸡血一样，脑子一热就冲上去了。

不像一般的柔弱女子，何小妹在家帮着何父宰过牲畜，也上山打过猎，身上那股狠劲是有的。只是这一路来都有沧澜和凤月，不需要她一个人类女子出手，更何况，他们的对手也不是一般"人类"。所以当她举着"降魔"，拽着披风，一脸狰狞地跑过来时，凤月和牛魔王都震惊了。牛魔王被"降魔"划拉了一道口子，才慌忙反应过来。

牛魔王嗷嗷地跑远了，何小妹连忙问凤月："手呢？不是断了吗？给我看看！"

凤月眨巴着眼，默默举起右手，说道："是指甲断了。"

虽说这是个乌龙，但牛魔王却因此跑远了，不一会儿，花妖也全都散了，凤月还趁势把法宝拿了回来。这场雷声大雨点小的打斗就在众人不可思议的目光中结束了。后来，鹤长老和熊长老也回来了。

得知牛魔王和花妖的攻击，鹤长老担忧道："这件事应该还没完，恐怕后面还有。"

"车轮战？"想起狼月山，凤月道。

鹤长老点点头："而且更糟糕的是，杀妖行动还在继续。"

"还在？"何小妹惊讶道。他们不是已经揭穿了古溪的把戏吗？他竟然还故技重施！

"每天大概有多少妖怪被杀？"沧澜问。

"大概十个左右。"熊长老回答。

十个，看似数目不多，但想一想已经死亡的妖怪数目，却又显得惊人起来。

"沧澜上仙，请你救救我们！"鹤长老哀求道，"被杀的妖怪都是遵守规矩的好孩子！"

"你放心，我一定会想到办法解决的。"沧澜应道。不仅为他们，也为自己。

"对了，关于之前大量妖怪入秋明山的原因，是古溪说秋明山有神秘宝藏。他还给出悬赏，说只要捉到你，便可以得到一件无价法宝作为报酬，以及你身上所有法宝和仙草都归他们所有。"鹤长老将打探到的情报说了出来。

原来如此。

"我有一个计划。"沧澜道，示意大家聚拢，"现在唯一能阻止凶手作恶的办法就是将凶手捉住。既然古溪说我是凶手，那便捉住我，如果到时候仍有妖怪被杀，那我也能洗脱罪名。"

因为靠得近，沧澜温热的气息喷在何小妹耳边，让她不自觉地红了脸。

"这样太危险了吧。"凤月皱眉。万一沧澜出个什么事，何小妹不抓狂才怪！

"对啊，如果你被捉住的话，古溪一定不会放过你的。"何小妹也担忧道。

"古溪暂时不会对我怎么样的，以他的性格，如果他要杀我的话，一定会让三界皆知。"

沧澜的保证并不能让何小妹放心，她希望自己是法术无双的大神，然后随随便便就能干掉古溪。

"那好吧，如果再有妖怪攻击过来，你就假装被捉到，我和小妹一起去查找真凶以及古溪的真正目的。"凤月想了想道。

果不其然，三人离开山洞没多久，又出现了一拨妖怪，口中大吼："沧澜，你乖乖就擒吧！"

这开场白，凤月真替他们的智商着急。

后来，经过一番打斗后，沧澜看似合理地被抓住了，但他没想到的是，何小妹竟然也跟了过来。

"你不要说了！我是不会回去的！"何小妹坚决道。

沧澜被她眼中坚定的情绪所感染，想起霓月也经常这样看着他，便不自觉地答应道："好，但是你要听我的话，不能擅自行动。"

何小妹点头："一定！"

注意到两人的动静，凤月十分焦急，他后悔自己刚才光顾着演戏没看好何小妹，事到如今又不能大叫何小妹回来，只能眼巴巴地望着两人走远，然后诅咒沧澜这个害人精。

"沧澜，没想到我们这么快又见面了。"到达目的地，看见被捆住的两人，古溪冷笑道。

"我倒是希望我们可以永别。"沧澜语带嘲讽。

闻言，古溪眼神一暗，感受到伤口隐隐作痛，走到沧澜身边，在他耳边压低声音道："你猜得没错，那些妖怪确实是我杀的，而你也如我所料，来'自投罗网'了。"

闻言，沧澜望向他的目光充满了寒意。

虽然这个答案跟他们之前猜的一样，但他没想到古溪竟然自己承认了，难道他就是为了陷害自己所以才滥杀无辜？

"沧澜啊，我发现你真是笨了很多。或许你重新投胎后会变得聪明些。"古溪笑道，说罢，他大声向周围的小妖吩咐，"将他身上的法宝和仙草取走，关入地牢。"

几个小妖闻言上前搜索，过了一阵后，他们报告道："他身上并没有任何法宝和仙草。"

当然不会有啦！何小妹暗暗翻了个白眼，既然要被捉，谁还带着一堆法宝和仙草在身上啊！又不是真傻！

"没有？"古溪挑眉，不过无所谓，反正他也不稀罕这些东西，"直接押下去。"

沧澜被押走后，他又唤来几个手下，低声吩咐了几句。比起沧澜的事情，他这边还有更重要的事。

地牢的位置是在山顶的地洞里，里面设有禁止使用法术的结界，沧澜被关进去后便感到一阵不适，何小妹倒是不受影响。

监守的狗妖因为垂涎沧澜的法宝和仙草，还特意搬出一套严刑逼供的工具来，露出狰狞、贪婪的表情，威胁道："你懂我的意思吧。"它脸上此刻就差写着"乖乖将法宝和仙草交出来"。

可看在沧澜的眼里就像个笑话：这小小的牢房能关得了他？

可何小妹却在绞尽脑汁地想这牢头的话到底什么意思，尤其是当她看到放在一旁的剪刀、刺针、烙铁等逼供工具时，顿时就哭丧着脸求饶："狗大

165

哥，我们什么都不知道啊。"

"你怎么可能不知道？你快告诉我，他到底将法宝和仙草藏在哪里了？"狗妖恐吓道。

既然他们搜不到，那么肯定是被沧澜藏起来了！

何小妹脑子好不容易拐了一个弯，有点儿忐忑道："说不定掉了呢？"

掉了？辛辛苦苦收集回来的宝贝就这样掉了？狗妖觉得智商受到了侮辱，于是不再浪费时间，直接上刑具："这是你们逼我的。"

何小妹看着在火里烧得通红的烙铁，立刻躲到沧澜身后。

如果让这玩意儿碰到，真的会被烙熟的！

狗妖拿的铁棍上面写满了咒文，它得意地笑道："这不是普通的烙铁，只要被碰上，身体就会像被火烧一样，足足折磨十二个时辰，就算你是上仙，可在这牢里失去了法力，跟普通人一样，我看你还能逃去哪里。"

失去了法力？难道是因为这地牢？

听到这句话，原本躲在沧澜身后的何小妹立刻挡在了他身前，一脸英勇就义的表情道："你要烙就烙我吧！"

看着挡在自己身前瑟瑟发抖的身影，沧澜有些惊讶和不解。

明明她怕得要死，却还勇敢地挡在他身前，就是因为他没有了法术，跟平凡人一样？沧澜内心某处就如被春风拂过一样。

"你让开。"沧澜低声道。

"没关系！"何小妹一边盯着狗妖，一边说出自己的心声，"沧澜，我想要保护你，虽然我知道自己的力量很弱小，但在我第一次见到你时，就有种十分亲切并想接近你的感觉。以往每次都是你保护我，现在轮到我来保护

166

你了。"

听完她的话，沧澜的心脏怦怦跳动，这也是霓月曾经对他说过的，她说，她会保护他，因为他总是不懂得爱惜自己。

"霓月？"沧澜有些魔怔地开口。

何小妹听后心如刀割，没想到自己鼓起勇气的一番表白就换来了"霓月"两个字。她深吸一口气，忍住泪水。

"小妹，我……"沧澜见此状况，有些不知所措，千言万语只变成了一个拥抱。

何小妹把头埋在他的怀里，撒娇般地蹭了蹭，沧澜无奈地笑了。

狗妖被他们"酸臭味"的话烦得不行，这不是欺负单身的人吗？

"不用抢，你们都有份儿，你说是烙在脸上比较好，还是烙在额头上比较好呢？"他恶狠狠地说，渐渐朝两人靠近。

然而，就在烙铁往何小妹脸上逼近的时候，沧澜一把打开了狗妖的手，并将其控制住，反让烙铁烙在了它的脸上。

"嗷嗷嗷！"狗妖连忙甩开手中的烙铁，大吼道，"你竟敢这么对我！"说完，他气势汹汹地准备去拿木盒里其他工具，可是沧澜早他一步，用法术将木盒拿到了自己手中。

"你喜欢哪种刑具？"看着手中的木盒，沧澜问道。

"你怎么可以用法术！"狗妖瞪大了眼。

"这里是关妖笼，我又不是妖。"沧澜说完，再次挑选起木盒里的工具。

狗妖见状，立刻跪地求饶，露出一副讨好的嘴脸："沧澜大人，这些小

167

工具只是跟你闹着玩的，并不是真的要用，你就大人有大量，放过我吧！"

闹着玩？何小妹翻了个白眼，她差点儿就要毁容了还闹着玩！

沧澜见何小妹一副想要揍人的表情，笑道："要不要使出你的看家本领？"

何小妹有些疑惑，反问道："杀鸡？"

沧澜意味深长道："杀狗也是一样。"

听闻两人一番对话，狗妖立刻五体投地，磕头磕得咚咚响："我知道错了，我以后再也不敢了！"

"既然不敢，那你如实告诉我，古溪要找的宝藏到底是什么？"沧澜问道。

"这我知道！我知道！"狗妖立刻回答，"古溪告诉我们，在秋明山曾有一位以天才著称的神君出现，并且在此长居，他的洞府里收藏了许多珍贵的法宝和符咒，最重要的是，只要找到这位神君的法器，便能统一妖魔界！"

"你为何相信古溪的话？"

"因为这个。"狗妖说着，从怀里取出一颗琉璃珠，"他说里面藏有能找到宝藏的线索。"

线索？沧澜皱眉凝思，古溪一向讨厌妖怪，竟然会如此慷慨地提供宝藏线索？

"但是他要求我们找到宝藏后，将其余的法器、符咒给他。"

从狗妖口中得知真相，沧澜也没再为难它，重新将牢门关上。狗妖急忙往山下跑去，不敢再多待。

另一边，在何小妹和沧澜被抓走后，凤月决定到被害妖怪附近去查探查探。

由于"杀妖狂"的出现，这里已没剩多少妖怪居住了，乍看之下附近也算正常，并无可疑之处，不过他不确定沧澜"被捉"后，对方是否还会安排"凶手"。

凤月这一逛就是一整天，本就暗沉的天色现已伸手不见五指。后来，他干脆悠闲地在一块大石头上躺下休息。

此刻，他脑海里盘旋着古溪说他是凤凰花转生之事。他觉得，等这边的事情完结后，或许他要亲自去一趟玉虚峰。

"救命啊！"忽然，一阵呼救声传来。

凤月立即起身往声源地飞去。黑夜并不影响他的视力，所以他清楚地看到一个酷似沧澜的人正在挥剑厮杀。讲真的，要不是他亲眼所见沧澜和何小妹被一同绑走，他绝对会以为这是真的沧澜。

"小子，总算让我逮住你了！"凤月低骂一声，然后使出长鞭与之纠缠。

不过，这人虽然酷似沧澜，但经过几番近距离接触后，凤月可以确定他只是一个高级傀儡。话说回来，他还真想让沧澜看一下这玩意儿呢。

借着这个机会，凤月将"沧澜"打个落花流水，一解平日压榨之仇。等发泄够了，他才彻底解决对方。

砰的一股烟雾腾起，傀儡消失了，与此同时，一块玉佩掉落在地上。凤月将其捡起并收好——这肯定跟制作者有关。

收拾好玉佩后，凤月拿出两个小纸人，在它们身上掐诀结印后，朝着空

中一吹，分别让其给沧澜和鹤长老报信。不过就在他准备离开之际，在旁看到了几个鬼祟的身影，立即跟了上去。

上次是古溪，所以他栽了，这次可不会！

就在凤月这边"忙里忙外"的时候，何小妹却舒舒服服地睡着了。

她觉得，沧澜对她并非无情，或许只要她耐心等待，沧澜便会慢慢接受她。抱着这样的念头，何小妹睡觉的时候都是笑的，更离谱的是，她竟然笑醒了……

嗯，怎么说呢？是有点儿尴尬，不过也好，她想看看沧澜在干吗。

只是，迎着月光，当她看见端坐的身影似乎在捏揉什么东西的时候，先前的欣喜顿时化为失落——他是在用息壤捏塑霓月的肉身吧！

沧澜动作专注，哪怕光线并不明亮，她也能感受得到。何小妹有些害怕，她想，如果有一天霓月真的复活了，那么她该怎么办……这不是理智上的疑惑，而是感性上的不舍，因此，她后半夜睁着眼睛直到天亮。

"你昨晚去做贼了？"何小妹是凡人，晚上没睡好，两个黑眼圈自然出来了，沧澜见状调侃道。

"没有……"何小妹小声回答，心中默默接了句：就是偷偷盯了你一个晚上。

"那你这是怎么了？"

"大概这里的环境不适合睡觉吧……"

"那就到别的地方睡，譬如地府。"何小妹的话没说完，便被人打断。这声音，她一下就听出来是古溪的。

古溪出现时，手中提着一个血淋淋的东西，何小妹仔细一看，竟是昨天

170

那狗妖的脑袋。

"你怎么把它杀了？"何小妹问道，他们不是一伙的吗？

"它说了不该说的，自然也就不必存在了。"古溪说完，将狗妖的头丢到了两人脚下。

有了准备，何小妹倒是没吓到，就是觉得古溪太过狠毒，语带怒气地问："你来这里干什么？"

"当然是带你们去处决了，为死去的妖怪赎罪。"古溪慢悠悠道。

处决？何小妹一惊。

沧澜给了她一个安抚的眼神："你没资格处决我。杀妖和捉人全是你自导自演，风月已经去调查了，这场闹剧也要落幕了。"

"是吗？"古溪眯着眼笑道，"随便你们折腾吧，不过，我忘了提醒你，这里的牢房虽关不住你，但我早在木盒上涂了药粉，至于这药粉的效果嘛……"

古溪话没说完，沧澜便身体一软，朝地上倒去，幸好何小妹眼疾手快扶住了他。

"沧澜，你怎么了？"何小妹问道。

"我没事。"沧澜嘴硬道。

可何小妹看他那样，哪像没事啊！

"这药便是在你催动法力时使人四肢虚软。"古溪补充道，说完，他用极其讽刺的表情看着沧澜，"沧澜啊，你这一辈子都活在女人的帮助下，霓月舍命给你，现在这个凡界女子也舍命陪你，你还真是没用！而且，当初要不是你介意仙魔两道的身份，霓月根本就不会死，是你害死她，今天，你又

第七章

Chapter 07

紧逼追杀，牢里坦白

171

要再害死一个爱你的女人了。"

被说到痛处，沧澜紧咬牙关，忍不住发抖。

古溪继续奚落道："你以为自己是情圣吗？霓月为你神魂破碎，你还不是另结新欢？照我说，你不如干脆放弃霓月，跟新欢在一起好了。"

古溪的话很讽刺，沧澜没有反驳，只是死死地盯着他，似是被愤怒冲昏了头脑。

古溪见状，哈哈大笑，心满意足地离开了。只是等他消失后，沧澜立即冷静了下来。

"你……"何小妹惊讶道。

"我没事。"沧澜见她吃惊的模样，轻笑出声，"每次他都会过来挑衅，太烦了，我只好做做戏让他快些离开。"

"那你身体发软也是装的？"

"嗯，我早就发现木盒有异常，所以只是虚空抓的，并没有真正接触。"

"你这演技可以拿影帝了。"何小妹竖起大拇指，感叹道。

"只是为了骗过他而已。"沧澜失笑。

不过，虽说古溪离开了，但真正的麻烦还没解决，他们必须得离开了。

"啊！"就在沧澜准备施法逃出去时，听到了何小妹的叫声。

他连忙回过头去看，结果看到一个小纸人站在何小妹脚边，还抱住了何小妹的腿……这么不要脸的东西，一定是凤月的。

"小妹！"小纸人开口，果然是凤月的声音。

这家伙也太自恋了吧？

"凤月的！"有了经验，何小妹拾起小纸人道。小纸人立即顺势抱住她的手指头。

"嗯，我看看说了什么。"沧澜接道，然后理所当然地把小纸人从何小妹手上拿了过来。

"臭流氓，放开我！我要跟小妹在一起！"小纸人张牙舞爪。

"再闹就撕了你。"沧澜一脸淡定地回应。

小纸人瞬间蔫了。

何小妹没听到最后几句话，她满心都在关注凤月到底送来了什么消息。

沧澜掐了个诀，从小纸人身上提取信息，看完后，他笑了笑，对何小妹说："或许我们可以再多留一会儿，待会儿有好戏可以看。"

何小妹听后不疑有他，点了点头。

再说古溪，他嘲讽完沧澜后，一边放出消息聚集周围所有妖怪，一边派小妖把沧澜和何小妹押下来，并送至刚搭建好的行刑台。不一会儿，周围就聚集了大量妖怪。

古溪自众妖中间缓缓走向行刑台，沧澜见他那装模作样的表现，料想他在行刑之前必定会有一番言说，果不其然，他站上行刑台后，义正词严道："最近，妖魔界出现了一个可怕的杀妖狂，他在杀害妖怪后，取其内丹以练成丹药，为的就是去复活他心爱的人。他这种自私、痴狂的行为触犯了三界底线，所以，作为惩罚，这种败类理应消失！"

古溪的言说振奋激昂，鼓动了不少妖怪，它们配合地喊道："杀了他！杀了他！"

何小妹见状翻了个白眼，心想他跟沈惜果然是一伙儿的，都这么"能说

会道"。

"你们放心。"示意大家静下来，古溪露出亲切关怀的表情，"虽然我们同为仙人，但是我也看不惯他这种欺弱霸小的行为，现在，我就代替仙界对他进行惩罚！"

古溪说完，又换来一阵叫好声。何小妹和沧澜都懒得再看他，只盼着凤月赶紧来。

不得不说，古溪演讲的内容真是太多了，赶在他举剑前，凤月踏风而至。

当然，古溪并没有理会他，只是他劈下去的剑却被沧澜挡住了。

"你没事？"古溪大惊。

"你以为是谁中计了？"沧澜冷笑。

"你们别相信他，他才是真正的凶手！"凤月也大吼道，"我有证人！"说完，他把捆成一堆的小妖丢在妖群中间。

原来这就是他尾随的那几个形迹可疑的妖怪。他一路跟随对方到它们老窝，从它们的对话中得知这一切都是古溪的安排，他们负责找到目标，而古溪则负责动手。

"别以为你随便捉几个小妖过来，大家就会相信你。"古溪冷笑。

"那如果是关于秋明山宝藏的真相呢？我想它们应该都很想知道吧。"

听到这话，古溪脸上的表情立刻变得阴沉且凶狠："你想说什么？"

"当然是说出真相。"凤月大声道，"秋明山根本就没有什么宝藏，你们都被骗了！"

第八章 Chapter 08

狠下毒手，逃脱失心

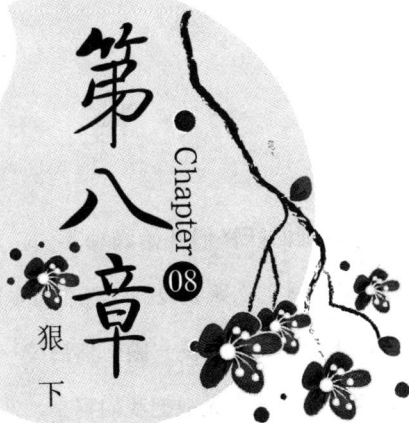

此话一出，周围的妖怪们开始躁动不安，凤月踹了几脚被他绑来的妖怪，说道："你们刚才怎么跟我说的，现在照实说出来！"

小妖闻言，飞快地扫了古溪一眼，然后统一口径，摇头道："我们什么都不知道啊！倒是你，无缘无故把我们捉来，还让我们诬蔑上仙大人，也不知道你打的是什么主意！"

"嗨！"被反咬一口，凤月气得跳了起来。

这些言而无信的小妖，简直是丢了妖界的脸！不过这也怪他，要不是他太心急，怎么会随便将它们揪来，以至于落得现在这个进退两难的地步？

"你以为它们比你法力低下，就会屈服于你吗？"古溪以保护者的姿态正义凛然道，"你简直丢尽了仙人的脸，作为沧澜的同党，你该与他一同受罚！"

真是贼喊捉贼！凤月心想，随即，他眼珠一转，反驳道："昨晚我救走的妖怪可以帮我做证。"

"这可说不定，万一是你胡乱捏造的呢？就算有，也是你串通好的。"古溪反驳到底，周围的妖怪也露出怀疑的眼神。

现在形势完全倒向古溪那边，凤月百口莫辩，夜十二又还没来，他开始考虑是否要"劫囚"。

古溪看穿他的小算盘，先发制人道："把他一起捉起来！"

闻言，妖怪们一哄而上，凤月立即拿出长鞭。但是面对眼前的妖海战术，他也只能苦苦抵抗。

沧澜见状准备上去帮忙，忽然，一个浑厚的声音自天空传来："你们全给我住手！"

这声音听着浑厚，但并不是因为年长的关系，相反，说话之人年轻、俊美。他身穿一件黑色长袍，宽大的袖子几乎拖到了地上，衣服表面闪着黑色的光芒。

他墨黑的长发披散身后，飘扬如绸。头戴荆棘模样的金色头冠，再配上他眼角一抹血红色，整个人平添一抹邪气，不过他给人的感觉却很严肃。

踩着黑云缓缓降落，夜十二扫视四周一眼，冷峻的面容如修罗。随着他慢慢靠近，四周的妖怪们立即慌乱起来，面色惨白地跪地行礼，齐声道："大祭司！"

看到夜十二，沧澜长叹一口气，同行的箬素和天宝仙君则急忙跑到何小妹身边，为她解绑。

"小妹，你没事吧？"箬素问道。

"没事没事，幸好你们及时赶来了。那就是魔族大祭司吗？"何小妹好奇地问道。

按理说，夜十二也是一个大帅哥，可是不知为何，她似乎对他有种与生俱来的害怕，就像是学童遇上了私塾先生……

同为妖，对于夜十二，箬素也不敢多说什么。她现在没像其他妖一样被对方的气势压得跪地行礼就很好了，哪还敢再议论什么？

"你们好大的胆！"夜十二面如冰霜，居高临下道。

众妖们被这一声震得抖似筛糠，面面相觑。最后，牛魔王硬着头皮站了出来，忐忑道："最近妖魔界出现了杀妖狂，古溪上仙帮我们找到了凶手，就是他们。"他说完，指向还站在行刑台上的沧澜和何小妹。

"蠢货！"听到牛魔王的话，夜十二挥了挥袖子，一股劲风夹杂着黑雾朝牛魔王冲去，他接近两米的大个子顿时被轻松掀翻在地，"他说什么你们都信？"

牛魔王张张嘴想解释，但又咽了下去，一脸委屈地倒在地上。

夜十二收回视线，轻蔑地看着古溪一眼，冷冷道："妖怪不是他们杀的，秋明山也没有什么宝藏，不过阴谋倒是有一堆。你们要是想活命的话，就赶紧跑吧。"

夜十二贵为魔族大祭司，现妖魔界的掌权者，手段雷厉风行，为妖魔界建功不少，他的话再厉害的妖怪也会听从。

因为夜十二一席话，妖怪们开始打退堂鼓了。古溪见此状况，脸色阴沉。他双手高举，与此同此，原本准备离去的妖怪们突然眼冒绿光，表情呆滞，犹如被操纵的牵线木偶。

"操控术？"沧澜皱眉。

"对！"古溪得意大笑，"你们谁也别想走！"

被操纵的妖怪们步步朝众人逼近，眼中满是杀戮之意，沧澜见此不由自主地将何小妹护在身后。

"该死！这个浑蛋是什么时候动的手脚！"凤月咒骂。

何小妹被护在沧澜身后，有些害羞，她视线乱转的时候，瞥见了被操纵的妖怪们怀中似乎隐隐发光。

"那是什么？"何小妹问道。

沧澜顺势望去，心中的疑问顿时得到解答："琉璃珠。"

"琉璃珠？"何小妹像是想起什么似的说道，"就是那狗妖说是藏有宝藏线索的琉璃珠？"

"没错。"沧澜点点头，"古溪擅长法器机关，这些对于他来说简直易如反掌。"

"不会吧，这他们都信啊……"

"没什么好惊讶的，在贪欲面前，三界众生都一样。"

何小妹和沧澜的交流被夜十二看在眼里，他明显流露出不满的情绪，不过当务之急是解决古溪。

"卑鄙！"语毕，他闪电般地来到古溪面前，同时挥出一团黑雾朝古溪袭去。古溪没来得及避开，衣袖被侵蚀了大半截，广袖变成了半截袖。等他站稳后，立刻招来临近的两只妖怪挡在自己身前，夜十二慌忙住手。

见夜十二恨不得活剥了自己的眼神，古溪竟然还有心情开玩笑："这叫兵不厌诈。"

另一边，天宝仙君和箬素在妖怪兵团中杀出一条血路，沧澜则护着何小妹走在中间，凤月断后。然而周围的妖怪似乎知道何小妹是最弱的，见缝插针地想要攻击她，简直没完没了。

这不是欺负人吗？何小妹怒了："凤月，把我的刀丢给我！"自从沧澜

179

把东西还给她后，她都让凤月帮忙收着。

"哦！接着！"凤月趁着空当拿出"降魔"，朝何小妹丢去。

两人高危的表演把箸素吓了一大跳，然而她更没想到的是，何小妹竟然顺利接住了凤月丢来的武器，这默契……

何小妹虽为人类，但并不是每只妖怪都是用法术攻击的，所以她得手了不少次。

"这些妖怪被操控了，没知觉的，哪怕受伤了也毫不在意！"打了一阵后，天宝仙君说道。

沧澜点点头，朝夜十二喊道："先撤退，别恋战！"

夜十二此刻与古溪打得难分难解，听到沧澜的话后，他迅速退开。看着涌动的妖群，心中就算有再多的怒火，也只能暂时压下。

这场战斗无论输赢，吃亏的都是他们。

得到夜十二的默许后，众人立刻召唤出飞行法器。古溪也没有要追的意思，毕竟他无法带着这么多妖怪走。

而何小妹一行人则在箸素和天宝仙君的带领下来到了一处设有结界的木屋。

终于不用住山洞了……

"幸亏你们及时赶来了。"安顿下来后，沧澜对箸素、天宝仙君和夜十二说道。

"是大祭司一路紧赶慢赶……"箸素回答，话说一半，天宝仙君撞了撞她，她这才瞧见夜十二的脸色并不好。

此刻，夜十二正皱着眉头瞪向何小妹。当然，何小妹也看见了，所以她躲在了沧澜身后……

呼，这个人……不对，是魔，太可怕了。

沧澜对她的小动作表示无奈，只是他还没来得及说什么，夜十二便收回了目光，漠然道："现在的情况比你们想象中的要糟糕得多。"

"难道除了秋明山之外，其他地方也出现'杀妖狂'？"沧澜皱眉道。

"没错。"夜十二应道。

"或许古溪一开始就是想将我们困在秋明山。"听后，沉默已久的凤月也缓缓开口道，"还有，我之前去追查杀妖狂的时候，发现凶手是酷似沧澜的傀儡。而我将它打败后，它便化为了一块玉佩。"

凤月摊开的手心躺着一枚琥珀色、花纹古朴的玉，尾端还有红色流苏作装饰。

沧澜接过玉佩，看后觉得十分眼熟。

这……这不是他赠予莫澜师兄的玉佩吗？

虽然知道了玉佩的主人，但沧澜并没有说出真相，而是选择沉默，大家也没发现他的异样。

"这或许也是古溪的计划之一。"夜十二脸色凝重道，"阻止魔尊复活。"

"阻止霓月魔尊复活？"箬素反问道。

夜十二点点头："自从古溪散播宝藏的消息后，各地的妖怪首领都前往并聚集秋明山。这样一来，就算这些地方发生了频繁的杀妖事件，也没有完全阻止其恶化下去的本事。或许，他是想再次挑起仙魔大战。趁魔尊尚未复活，借此机会将妖魔界一并歼灭。"

一并歼灭？这样的话令何小妹不寒而栗。怎么能因为仙魔不两立，便将对方赶尽杀绝呢？难道以后人界也不能存在了吗？

"不过，各妖的老大也不傻，这种空穴来风的事他们也会信？"天宝仙君疑惑道。

箬素也跟着点头。她在这个山头这么久了，还真没听说过有什么宝藏。

夜十二闻言，眼中极快地闪过一丝伤感："其实这并非空穴来风。古溪口中所说的宝藏，应该在当年霓月修炼的地方。而里面确实藏着许多法器和丹药，包括霓月曾用过的法器。估计是古溪自己想要，但又不知道在哪里，才会编造出这样的谎言，从而引诱其他妖怪，并暗中操控它们。"

听到霓月的名字，沧澜心头一颤。

这里曾经有过她的痕迹……他想起她笑起来时脸上两个酒窝，还有圆圆的脸……不对不对！他怎么又突然想到何小妹了？

注意到沧澜片刻的分神，夜十二十分不满，语气淡淡道："你现在收集了多少用以复活的法宝和仙草？"

"差不多了。"只需再找到一个强大的媒介好启动天宝乾坤。

听到沧澜的话，夜十二的神情更加不满了。要不是对方当初信誓旦旦地说一定会复活魔尊，他才不会告诉他魔尊神魂不会彻底消散，而是经过漫长的轮回后重新凝聚肉身。可是现在，他却告诉自己"差不多"，这未免太敷衍了，难道是因为他身后的女人？

此刻的气氛变得十分微妙，凤月敏锐地感受到夜十二对何小妹的恶意，连忙挡在了何小妹身前，回以"这人归我罩"的眼神。同时，他也更讨厌沧澜这"招蜂引蝶"的家伙。

"不！我一定会复活霓月的！"沧澜改口道。

"最好如此。"夜十二不以为然道，"不过你最好快点儿，古溪正是因为霓月不在，所以才敢大胆行动。顺利复活霓月的话，你不仅可以为自己赎罪，也能阻止仙魔大战。"

没错，复活霓月才是自己唯一该考虑的事。沧澜在心中默念，现在目标近在眼前，为何他会突然胆怯呢？

交代完必要的，夜十二便出了屋，想出去透透气。

他不是很喜欢沧澜，甚至可以说得上讨厌。要不是他，魔尊也不会死。

现场气氛严肃，但是在如此严肃的气氛下，何小妹的肚子却发出咕噜一声响——她饿了。

凤月最先笑出声，说道："你真是会破坏气氛啊。"

何小妹尴尬，但她也没办法啊！这一个两个的不是仙就是魔，不是魔就是妖，就她一个肉体凡胎，这吃喝拉撒肯定少不了啊！

"走吧，我们去看看四周有什么可吃的，烤兔子可以……"凤月边说边站起身。

"我去吧。"沧澜打断他道，说罢，也不等旁人回答，便兀自走了出去。

凤月一头雾水，何小妹也不解，倒是天宝仙君感叹了一句："哎，旧物思故人啊！"

这下两人懂了。

"你没事吧？"凤月见何小妹一脸失落，问道。

"我能有什么事？"何小妹笑得勉强，"又不是第一次了，只能怪我一

183

厢情愿。"

"行了，你别强颜欢笑了，我看着难受。"凤月嘀咕道，想了想，他一脸大义凛然地说道，"要不你追上去看看吧，跟他说清楚也好，趁着那个大祭司不在。"夜十二不喜欢何小妹，明眼人都看得出来，而且肯定是因为霓月。

何小妹听后有些犹豫，随即一咬牙，点点头。凤月指了指后门，说道："从那里出去，免得在前面碰上他。"

"嗯！凤月，谢谢你！"何小妹衷心感谢。

凤月挥挥手，没回答。

算了吧，虽然他不喜欢沧澜，但看不得何小妹伤心难过。忽然，他似乎能理解夜十二的心情了。

出了小木屋后，何小妹很顺利就找到了沧澜。

其实比起找果子，沧澜看起来更像在发呆，或者说想一个人静静。

"沧澜……你还好吗？"何小妹轻声开口。

不是她不懂礼貌打扰别人，而是她在旁边站了好久，他都没反应。在她们镇上，这样的叫"丢魂儿"，得及时叫醒对方。

"你怎么来了？"沧澜确实刚回过神，有些诧异道。

"我，我太饿了……"何小妹说了个极其蹩脚的理由，但沧澜并没有拆穿，而是顺势给她摘了几颗果子。

果子火红火红的，看起来汁多味甜，事实上也确实如此，只是何小妹却食之无味。

"小妹，你想家了吗？"一阵沉默后，沧澜开口问道。

何小妹抿了抿嘴唇，小心翼翼地问道："你是想赶我走吗？"

沧澜没有回答。

何小妹突然心慌了，似是自我安慰道："我知道接下来会很苦、很累，但我不怕……"

"小妹……"沧澜打断她，"你知道的，不是因为这个……我不想伤害你……"

沧澜的话像是在做最后的道别，何小妹的眼泪毫无预兆地流了出来。看到她嘴边还沾着果汁，脸上却淌着大滴大滴的泪，沧澜心中一阵刺痛，他忍不住伸手帮她拭去眼泪。

"你怎么这么傻……"沧澜感叹，声音轻得像一片羽毛。

"霓月也很傻，为什么她可以，我不行？你是嫌弃我不够漂亮，不够厉害吗？"第一次何小妹说出心中的担忧。

沧澜听后，心头的刺痛加深，声音却越发温柔："不，我并没嫌弃你，只是我已经负了霓月……"

闻言，何小妹的眼泪流得更凶了。

"别哭了……"沧澜低声安慰。

这一刻，他似乎看见了霓月的身体消失前眼角似乎滑过一滴泪，似感动，似幸福，唯独不是怨恨……

眼前的画面重叠，沧澜情不自禁地俯下了身。

双唇接触，带着温热的感觉，何小妹瞪大了眼，心跳似乎都要停止了。

很快，这个蜻蜓点水般的吻结束了。沧澜似乎也没想到自己会做出这样的举动，强装镇定道："我们快回去吧。"

　　"哦……"何小妹呆呆地点点头，又想哭又想笑。

　　路上，气氛尴尬而沉默，就在两人都如芒在背的时候，沧澜却发现他们迷路了。

　　中计了？

　　"怎么了？"见沧澜停了下来，何小妹问道。

　　"我们被困住了。"沧澜回答。

　　危机感上升，先前的尴尬一哄而散。沧澜仔细观察附近是否有法阵，何小妹安静跟随。

　　忽然，沧澜迅速掐诀，紧接着一道白光从他手中迸射而出，击中一处空旷的地方。但是白光接触到空气后，周围却产生了一阵波动，紧接着，波动越来越大，最后化为满天星辰，消失不见。

　　"看来你的法力增进了不少啊。"法阵被破坏时，一个温润悦耳的声音响起。

　　沧澜循声望去，一张熟悉的脸出现在他眼前。

　　来者露出温润的笑容，仿如春风拂过，沧澜有些惊讶和惊喜，叫道："莫澜师兄？"

　　莫澜在半空停驻，打扮与沧澜如出一辙。

　　"莫澜师兄，你怎么会出现在这里？"沧澜问道。

　　"我是来阻止古溪的。"莫澜回答时，脸上一直带着温润的笑意，让人看着十分舒心，"他在妖魔界里闹出如此大的乱子，我正要捉他回去受罚。"说到这里，莫澜顿了顿，然后接道，"同时，我也是来劝你，希望你放弃复活霓月。"

听闻这话，沧澜不禁皱眉，难道现在连师兄也要阻止他吗？

莫澜见他的表情凝重，不禁叹了口气道："古溪之所以一直跟你对着干，就是不想你复活霓月。而夜十二只是想利用你复活霓月，然后再次发动仙魔大战，你别上他们的当。而且，就算复活了霓月，也改变不了你曾经伤害她的事实，何不放下过去，向前看呢？现在你跟这位小姑娘在一起，复活了霓月之后，你难道要辜负她吗？"

莫澜的话让一直在旁保持"文静淑女"的何小妹一阵脸红，她有种见家长的害臊和紧张。

"所以师兄就将我赠予你的玉佩给了古溪，然后创造出一个傀儡陷害我是杀妖狂吗？"沧澜没有回答，反问道。

"当然不是，玉佩是古溪趁我不注意的时候偷走的，我一发现便立刻赶来了。"莫澜否认道。

"不是你就好，我还以为……"莫澜师兄是他除霓月外最亲的人，如果这事真是他做的话……

"我怎么会害你？放心，我现在就准备去找古溪，好阻止他，待会儿再聚。"莫澜说完，跟两人道别后，便飞行离开了。

莫澜离开后，何小妹还沉溺在那句"难道你要辜负她吗"里，沧澜则想着古溪的事，两人不知不觉回到了小木屋。

两人一进来，屋里三双眼睛齐刷刷地朝她和沧澜望来，分别是凤月、箬素和天宝仙君。

"你们怎么一起从外面……"天宝仙君满脸疑问。

"哎哎哎，关你什么事？别多嘴！"箬素立即阻止他，同时朝何小妹暧

昧地眨眨眼，比了大拇指。

何小妹当然瞧见了，脸更加红了。沧澜也有些不好意思，走到了一边坐下。凤月见状，立即去找何小妹问情况。只是他话还没出口，夜十二便黑着脸进来了，问道："是谁泄露了这里的位置？"

回应他的是沉默。

"现在整个秋明山的妖怪都朝我们这个方向围攻。"夜十二接道，"到底是谁？"

还是没人回答。

不过沧澜心中却有了一个不敢相信的答案。

"事到如今，再问是谁又有什么意义？说不定对方有什么可以探查我们位置的法宝呢？"凤月说道，"我们还是先离开吧！"

"嗯，你们先走，我断后。"沧澜接道。

何小妹听后，下意识想说"要走大家一起走"，但是夜十二朝她投来冷冷一眼，刚好凤月也及时拉住了她，说道："对方妖多势众，我们还是先走吧，别留下来当累赘。"

何小妹觉得这话有理，毅然跟在了凤月身后。

"真是痴情啊。"待何小妹离开后，夜十二看着沧澜说道，"简直跟魔尊一样。"

闻言，沧澜紧了紧握剑的手，没有回答。

虽说夜十二看不惯沧澜，但他还是留下来帮沧澜一起断后。

魔尊用命换来的男人，他怎么也不能冷眼旁观。

"你刚刚你是不是遇到了莫澜了？"打斗中，夜十二忽然问道。

沧澜深深地看了他一眼："你跟踪我？"

"跟踪？"夜十二冷笑，"我才不会做那种下三烂的事，我只是无意间捡到了你莫澜师兄那只灵鹤的羽毛而已。"

"莫澜师兄是来帮我们的。"

"帮？"夜十二像是听到了什么笑话一般，"沧澜，我告诉你，我从来就没有相信过莫澜。"

"为什么？"他只是不了解莫澜师兄而已。

"为什么？难道你不觉得当年的仙魔大战挑起得太突然了吗？魔尊在此之前便察觉出其中的不简单，她一直在追查，并且搜集资料。这些资料看似毫无关联，但是如果串联在一起，便可处处见到莫澜留下的痕迹。魔尊怕他对你暗中使诈，便将凤凰花种在你身上，没想到你竟然杀了她。"说到最后，夜十二几乎是吼出来的。

他跟霓月青梅竹马，自小一起长大，面上虽尊称她为魔尊，私下却感情深刻。从他反对她跟沧澜在一起，到认同他们，再到霓月最后被杀死，他都只能旁观，完全帮不上忙，天知道他有多难过。

这些事他一直没跟沧澜说过，是因为看在沧澜本身也十分愧疚的分上，有种同病相怜的感觉，不想再折磨他，只是如今，他竟对那个人界女子……

信息量似乎有点儿大，沧澜一时间有些消化不了——莫澜师兄是在暗中使坏的幕后黑手？而且霓月早就怀疑并暗中调查了？

负罪感越发深刻，最近每次提起复活霓月，他都有一种被压得喘不过气的感觉。

他的内心明明是那么想复活霓月，可在关键时刻，他又总会想起一个傻

不拉几的姑娘……

他到底应不应该复活霓月呢？

"你不舍得那个女人吗？"夜十二直接指出了沧澜心中的矛盾，"我从天宝仙君那里得知，那个女人的灵魂可以作为启动天宝乾坤的媒介，以寻找魔尊的灵魂碎片，为什么你要犹豫？"

"他主动告诉你的？"沧澜问，心中有些怨怼。

"不，那家伙的脑子都长在箬素身上去了，随随便便就被我套出来了。你只需告诉我，是还是不是？"

沧澜强装镇定道："她是无辜的。"

"好一个无辜，难道霓月就不无辜吗？"夜十二气得不再以魔尊称呼，想更加直白地提醒沧澜，"一个是半路出现的女人，一个是爱你爱到愿意为你死去的女人，哪个对你更重要，你心里不清楚吗？再说，如果再不复活霓月，仙魔大战的悲剧就会重演，两界的损伤，你知道要多少年才能复原吗？你舍不得，我便亲自动手。出于人道主义，我给你一天时间，你好自为之。"

夜十二的话每一句都在沧澜心中掷出声音。只要牺牲一个便可救所有人，而他也将从这个桎梏中走出……不行不行！不可以这样！一定还有别的办法！

"这个是霓月在大战前让我保管的，说是如果她有什么不测，便让我转交给你，我气不过，便一直藏了起来。"见沧澜仍然一副犹豫不决的模样，夜十二没好气地扔给他一个小盒子。

沧澜小心翼翼地打开，他记得这雕花木盒是他亲手做给她的……

190

木盒里是一对娃娃。女娃娃是霓月，男娃娃便是他，他们穿着大红喜服，笑得十分甜蜜。旁边还有一封泛黄的信，上面写着——

木头，我知道你是死脑筋，如果我不在你身边了，你千万别慌，因为我会回来的。无论相隔多久，我们还会在一起，所以你不许做傻事，你要开开心心地等我回来。落款：霓月。

看完这封简单的信，沧澜眼眶已泛红。他下定了决心，现在就要把霓月接回来。

直到天黑，沧澜和夜十二才跟何小妹等人会合。

天宝仙君有一座可变大变小且能随身携带的房屋法器，大家便决定临时住在里面。

何小妹站在门口，时不时探头看沧澜回来没有，在看到对方的身影后，她立即热情地跑了过去，可沧澜却只是冷淡地朝她点了点头。

何小妹呆呆地杵在原地，一脸受伤，凤月目睹了一切，差点儿就抡起袖子去揍人了。

"别别别！他肯定是累了，我们先进去吧。"何小妹连忙拉住他劝道。

凤月冷哼一声，不再追究。

到了屋里，何小妹想接近沧澜，可是又怕他厌烦，正不知如何是好的时候，沧澜突然看向她，问道，"想出去吹吹风吗？"

何小妹立刻点头，心想，别说是吹风，就算是淋雨都没问题！

坐在小屋旁的巨石上看着云雾浓厚的夜空，虽然星星被遮挡，可是何小妹觉得，只要心上人在自己身旁，这一切都是良辰美景。然而，沧澜却心不在焉。

何小妹有所感觉，但她并不介意，她笑道："你还记得我们去取赤仙草时的情景吗？我们当时就躺在地上睡了一晚呢。"

"嗯，记得。"沧澜回答。说完，他似是想起何小妹的睡相，不禁笑了起来。说起来，他还是第一次见到这么没有形象的姑娘。

后来，何小妹又说了一些其他的往事，但她一直没敢问白天那个吻是什么意思。她怕答案会太过让人心碎。

何小妹还在喋喋不休地说着，沧澜的手也越拽越紧，他手中是百宝袋，而百宝袋里是天宝乾坤……

时间一分一秒过去，沧澜终于下定了决心，他单手掐固魂诀，同时准备打开百宝袋。

"王八蛋，住手！"凤月气急败坏的声音响起。

何小妹回过神去看沧澜，正好看见写着"霓月"名字的天宝乾坤。

其实她大概猜到了沧澜约她出来的目的，可是她在赌，赌自己在沧澜心中是不一样的，是特别的，但是现在看来，她似乎赌输了。

她从来没想过代替霓月，但也不想成为复活霓月的牺牲品。

何小妹的眼神像极了霓月临死前，没有怨恨，但也不是幸福，似是遗憾……就在他分神的片刻，凤月冲了上来，一鞭将他抽倒在地。

沧澜倒地后，凤月暗暗吃了一惊。按理说，他没有这么脆弱，也许是愧疚吧。正好，他要借这个机会好好教训他。他才不会手软！

他早知道这王八蛋没安好心，没想到他竟然真的想要牺牲小妹来复活他那什么恋人！真是气死他了！不管小妹会不会心疼，他要是不教训这个狼心狗肺的东西，他心里难受！

凤月将平时积累的不满全部发泄出来，攻击迅猛而凌厉。何小妹看得胆战心惊，连忙劝道："凤月，别再打了！"

"呸！像他这种人面兽心的家伙，就是要给他一点儿教训！"凤月骂骂咧咧，"他可是想害死你啊，为了另一个女人，这样你也能接受吗？"

何小妹沉默了，因为她并没有那么伟大。

几番交手后，凤月看出沧澜没有使全力，想着夜十二跟他肯定是一伙儿，为了防止夜十二赶来，他停止进攻，拉起何小妹打算离开。

这次何小妹没有拒绝，任由凤月牵着乖乖离开了。沧澜也没有穷追不舍。

凤月带着何小妹不敢在山上乱逛，不过这里对他们来说也没有什么可留恋的，还不如早点儿回清平镇。

可是下山的路都被守住了，空中也设下了结界，凤月正无计可施时，何小妹却开口道："凤月，不如我们回去吧……"

"你疯了吗？"凤月怒吼道，这是他第一次这么大声对何小妹说话。

何小妹立刻捂住他的嘴巴，拉着他蹲了下来，压低声音道："你才疯了，这么大声，不怕其他妖怪发现啊！"

凤月眼一瞪，没说话。

何小妹知道他误会了，赶紧解释道："现在的情况太危险了，单凭我俩的力量，很容易便会被捉住的。"她可是经过认真思考的。

"不去！"凤月赌气道，"遇到古溪，我也不怕，大不了跟他拼了。"

看到凤月气鼓鼓的样子，何小妹觉得他有时候挺像小孩的。不过他也是真的关心她，为她抱不平。

"就算是为了你，我也要回去。"何小妹说道。

凤月一愣，随即一脸感动加害羞："那就更不能回去了。"他一个大男人，可不需要女人的牺牲。

"呵，不能回哪里去啊？"一个讨厌而熟悉的声音响起。

何小妹和凤月一惊，看着突然出现的古溪，只觉得他阴魂不散。

面对防备的二人，古溪朝身后的妖怪挥手，妖怪们蜂拥而上。凤月拉着何小妹，立刻飞到半空，古溪以法术攻击。

"我本是想去捉沧澜的，没想到遇到你们两个。"说着，他望向何小妹，"不过沧澜似乎挺在意你的，那就拿你当人质好了。"

"你想得美！"何小妹吼道。她发过誓，不能再拖后腿了！

凤月也笑道："我们就是死，也不会落到你手上的！"

捉到一次是丢人，捉到两次是耻辱，捉到三次，他还不如死了算了。

"那就看你们的本事了。"古溪笑道。

然而他话音刚落，半空突然炸开了无数道光波，何小妹和凤月被淹没其中，消失了。

第九章

Chapter 09

无情有情，纷乱人心

自从何小妹离开后，沧澜便握着代表自己和霓月的那一对娃娃坐在巨石上发呆。

此时此刻，他心中像是被无数只手不断拉扯一样，万分难受。他想起了许多事，有关霓月的，也有关于何小妹的……良久，才长叹一口气，小心翼翼地收起了娃娃，准备回去。

然而就在他转身的瞬间，敏锐地感受到了空气中一丝异样。快速思考后，他立马躲了起来，并画了个隐匿结界。

"人呢？"不一会儿，古溪的声音传了过来，他身后跟着他的妖怪大军。

古溪应该是来找他的吧？他怎么知道自己在这里？

沧澜心中疑惑，但紧接着他便知道了答案。

古溪搜查一番后，满脸怒容，从怀里拿出一张符咒，上面用红色朱砂写着咒文。

这不是他给莫澜师兄的混有他血的追踪符吗？沧澜一惊。

当初他离开昆仑山时，莫澜师兄担心他会遇到危险，他便用混有自己鲜血的朱砂画下这张符咒，这样的话，当他有危险的时候，便可立刻赶到，前来帮忙。

换而言之，莫澜师兄可以随时知道他的位置，可是为什么……为什么这张符现在会在古溪手上？难道正是因为这样，古溪才能随时得知他的行动，能查看阵法的法宝都是假的？

夜十二的话再次浮现在脑海里，沧澜心情复杂。

他早就该知道，不过不想承认罢了。无论是风月击败傀儡后得到的玉佩，还是夜十二告知他霓月所查到的消息，又或者是莫澜师兄出现的巧合时机……现在，古溪就拿着追踪符，如果他还装糊涂，未免太自欺欺人了。而且照此情况，莫澜师兄应该早就跟古溪联手了。

追踪符显示沧澜就在附近，但是四周除了巨石以外，什么都没有。若不是那个人一定要他将沧澜捉住，他才懒得管。

就在这时，迟迟不见沧澜回来的夜十二找了过来。看到夜十二，古溪笑道："来得正好。捉不住那个，捉住这个也是好的。"

古溪话没说明，但夜十二还是听懂了，于是冷哼一声："呵，胃口倒是不小。"

古溪没回话，直接下命令，操控妖怪们纷纷朝夜十二攻去。

就凭这群小妖怪，夜十二并不放在眼里，但作为妖魔两界的临时掌管人，他也不能随意虐杀，只能尽量控制，达到伤而不死。这就跟人界的皇帝不会随意虐杀他的子民们一样。

正是因为看准了他这点，在夜十二抵御时，古溪总会时不时骚扰他几下，夜十二的心情简直糟糕极了。

第九章 Chapter 09
无情有情，纷乱人心

这该死的仙人，竟然如此无耻！

"大祭司！"就在夜十二暴怒前，箸素和天宝仙君赶来了。远远看见被围攻的夜十二，箸素赶紧上去帮忙。天宝仙君则去纠缠古溪。一时间，战况顿时混乱起来。

沧澜看准时机，趁古溪躲避天宝仙君的攻击时，唤出天琅剑朝他劈去。

古溪早知道沧澜在附近，天琅出现的时候，他第一时间击退天宝仙君，转身去挡。但没想到的是天琅的攻击只是掩护，沧澜从另一个方向朝他袭来。

"扑哧——"利器入肉的声音响起，一把带着咒文的匕首插进了古溪体内。匕首上的咒文可吸收中刀之人的法力，每当此人使用法术时，便会痛不欲生。趁此机会，沧澜拿走了古溪怀里的追踪符，并亲手毁掉。

知道自己中招了，古溪连忙退开，只是当他拔出匕首的时候，咒文已经侵蚀了他全身。

他眼神阴狠地瞪着沧澜，咬牙切齿。

"你走吧。"沧澜道。

古溪面带讥讽地看着他，似是在问"你有这么好心"？

"弑仙这种事我可做不出来，这是要仙堕的。"沧澜解释道。

天宝仙君也赞同地耸了耸肩。

古溪眼一眯，眼中的怀疑逐渐散去，又警惕地看了沧澜和天宝仙君一眼，才忍痛撤离。

因为古溪失去了法术，被操纵的妖怪们也渐渐恢复神志。回过神时，它们还在疑惑自己为何在这里。

"大祭司！"离夜十二最近的妖怪最先反应过来，一下跪倒在地。

"大祭司！"接二连三的声音响起，瞬间，地上便跪倒了黑压压的一片。

夜十二懒得解释，也没时间解释，直接挥挥手示意大家离开。众妖虽然心中疑惑，也不敢再逗留，飞快撤离了。

夜十二难得称赞沧澜道："难得你还有些用。"

沧澜置若罔闻，他知道他是在讽刺自己没"解决"掉何小妹。

"可惜不能斩草除根。"箬素望着古溪消失的方向道。

"古溪只是帮凶，主谋另有其人。"夜十二接道，说这话时，他瞟了沧澜一眼，沧澜依旧保持沉默，"我收到情报，有大量仙人前往妖魔界，看来他们不再遮遮掩掩了。既然如此，我们也不能再坐以待毙。我得返回魔界，着手准备。"

夜十二离开时，箬素恭敬相送，天宝仙君则陪着沧澜。

"现在外面情况这么危急，不知道小妹和凤月……"天宝仙君有些担忧道，"得了，你现在估计一脑子都是糨糊，等箬素回来后，我跟她去找吧。"

天宝仙君的担忧十分有必要，何小妹和凤月也确实险些遭殃，不过就在古溪对他们痛下杀手前，他们却突然消失，跌入一处诡异的地方。

这里是一个独立的空间，像一个小世界般。里面有山有水，还有一座别致典雅的小竹屋。

屋外长着一棵结满红果的大树，苍绿的叶子证明了它的生机勃勃。屋内布置清雅别致，干净整洁。雕花木柜上分类放着不少法器和丹药，种类之多

第九章 Chapter 09
无情有情，纷乱人心

和珍贵，让人垂涎。

凤月仔细地检查了一下，断定这个小世界被高级结界所覆盖，而结界则在半空中。至于他们为什么会掉进来，那他就不知道了，反正不可能是古溪将结界打坏了，不然的话，他们早就追进来了。不过不管原因是什么，他们总算逃过了一劫。

趁凤月检查的时候，何小妹也好奇地参观了一番。不知为何，她总觉得这里的摆设有种说不出的熟悉感，完全不觉得恐慌。只是当她看到挂在竹屋里的画像时，不禁愣住了，这不就是霓月吗？

凤月显然也看出些端倪，猜测这里便是古溪一直想找的地方。

怪不得他找不到，他肯定没想到秋明山的"宝藏"竟然藏在半空中。

何小妹看着霓月的画像有些出神，画中的女子巧笑娉婷，星目盈盈，虽非倾国倾城，可是让人心生亲近之意。她觉得沧澜肯定很想来到这里，这里全是霓月的气息和东西，只是她一想到沧澜为了复活霓月而不要她，心中便一阵心酸。

唉，她明知道沧澜是一个坑，却仍要往下跳。

"小妹，这个红果子我试过，没有毒，挺好吃的，还很甜。"就在何小妹发呆时，凤月抱着一堆从屋外那树上摘得的红果子，走到她身旁道。

何小妹化悲愤为力量，接过果子狠狠咬了一口，意外地发现红果子真的很好吃。于是乎，两人便抱着一堆果子开始啃，顺便四处参观参观。

凤月十分在意古溪所说的那件可以统领妖魔界的法器，在确定这里便是霓月曾住的地方后，便一直在找。只是他翻遍了小竹屋也没找到，入眼的全是些普通法器和丹药。不过他仍不死心，准备再进行一次地毯式搜索。

"扑通！"就在这时，他突然听到一声巨响。回头一看，正好看见何小妹直挺挺地往地上摔去。

"小妹！"凤月连忙跑过去，惊慌大喊。

何小妹没回答他，脸色变得苍白，豆大的汗水不断渗出，整个人也蜷缩成一团。

"好痛，好痛，好痛！"何小妹不停地在地上翻滚。

凤月不知所措，没搞清楚前，他也不敢随意搬动她，只得在旁着急地打转。

何小妹难受得直哼哼，身体像是被蚂蚁啃噬般，又像被几十头水牛压过去……不，或许是几百头水牛！总之，她觉得自己筋脉都要被碾碎了。

"果，果子……"何小妹异常艰难地开口道。除了果子，她想不到还有什么东西有问题。

"果子有毒？"凤月拿着果子打量道，"可是我也吃了啊，并没有事……糟了！不会是这果子凡人不能吃吧！"

对了！这里既然是霓月的地方，东西肯定不是什么凡品，他怎么忘了这茬呢？

知道了问题所在，凤月将何小妹扶起，打算帮她治疗。他食指和中指并拢，覆在何小妹手腕内侧，让自己体内的仙气流入何小妹体内。

"怎么会！"仙气刚探入何小妹体内，凤月便诧异地睁开了眼，触电般收回手。

"怎么会这样？"这次他开口，语气中带着惊喜和担忧。

想了想，他再次小心翼翼分出仙气……

第九章 Chapter 09
无情有情，纷乱人心

大量的仙气正在何小妹体内汇聚，速度之快，令她身体开始发抖。

"凤月……凤月……救我……"何小妹痛得哭了出来。

"忍忍，小妹，你忍一忍。"凤月在旁边干着急，也无计可施。

这种钻心蚀骨的感觉太难受，何小妹起先还能咬咬牙忍下去，到最后连咬牙的力气都没有了。她已经痛到麻木，甚至晕了过去。

她这一晕，吓得凤月倒抽一口凉气，生怕她是痛死了，等凤月探到她微弱的呼吸后，才稍稍放下心。

凤月将何小妹抱到了床上，开始翻箱倒柜地查找关于这棵树的资料，但一无所获。就在他想冲破结界出去找人帮忙时，突然想起这棵树叫什么了——灵果树！

对，没错！他在古书上看到过！此树的果子仙人吃了可生津解渴，但凡人吃了却可以打通灵根。如果熬过"转变期"，便会进化成半仙，如果熬不过去的话，结果就是死路一条。

只是，这种树已经灭绝许久了，因为大量凡人想借此成仙，导致灵果树开采过度灭亡，没想到这里还有一棵，怪不得他想不起来。

想到这里，凤月又慌了，何小妹现在晕了过去，到底是算熬过还是没熬过呢？

何小妹晕过去后，发现自己在一片白蒙蒙的地方，这个地方高峰入云，烟雾环绕，半空中悬浮着各色琉璃宫殿，巧夺天工。

"这里也不过如此嘛！"忽然，一个俏皮的声音响起。何小妹循声望去，看见了一张熟悉的面孔。

霓月？何小妹瞪圆了眼，她怎么会在这里？

何小妹有些小三被原配抓住的促狭感，又有些被原配发现后却发现自己比不上原配的羞愧感，总之心情很复杂。然而就在她做好心理建设，准备上前打个招呼时，却发现霓月直接穿过了她的身体。

她死了吗？何小妹想，随后又猛然醒悟，不对，是霓月死了。难道现在她所看到的，和在幽泉之境时进入的有关沧澜的幻境一样？这里是霓月的幻境？

再次当了回观众，何小妹光明正大地跟在霓月身后。两人进入一座宫殿，宫殿的书房内，沧澜正在执笔画些什么。

白玉冠，广袖长袍——他还是那副打扮。何小妹看得有些走神，总觉得他们还没发生过争吵，还在一起。

"出来。"沧澜忽然开口。

何小妹一怔，下意识举起手准备道歉。然而霓月的声音却先一步出现："你在做什么？"

对了，她现在是个观众。

霓月眉眼微弯，笑着走到沧澜身旁，但是当她看清沧澜在做什么的时候，却好笑地皱了皱鼻头道："这个是我？"

听到这话，何小妹也凑近了去看。

怎么说呢，她是不忍心打击沧澜的，只能总结为：每幅惊人之作在呈现前都经历过无数次失败。

"不是。"沧澜淡定地将画纸收起，有些不自然道。

"那就好。"霓月放心地拍拍胸脯道，"我就说嘛，我哪有那么丑！"

闻言，沧澜拿画的手一抖。

"对了，木头。"霓月接道，"你说今天带我参观仙宫，可说话算数啊？"

沧澜听后，脸上露出无奈的表情，奇怪霓月身为仙人，怎么对仙界如此陌生，甚至如此新奇。不过他转念一想，能居住仙宫的多数是上仙以上级别，霓月级别应该不高，所以没来过。

顾及霓月的面子，沧澜点点头，没有询问原因，直接以行动代替回答。

看着两人和谐地走在前面，何小妹跟在他们身后，心中止不住冒酸。

沧澜一直话不多，所以大多时候都是霓月在说话，她不停从百宝袋里拿出小玩意儿来逗沧澜笑，沧澜听得很认真，眼中满是笑意，也满是霓月。

曾几何时，这样的情景也是他们在一起的画面，只是跟她在一起的沧澜稍微冷淡了一点儿而已。

那时候她不懂，以为自己爱得再努力些就够了，现在才明白，为什么她再努力也没用，因为沧澜只有一颗心，他满心都给了眼前的女子，又怎么会再留给她一个位置？只是，为什么霓月要给她看这段记忆呢？难道是在警告她不许再靠近沧澜吗？

何小妹不禁黯然。

就在此时，沧澜和霓月遇到了莫澜。

"莫澜师兄。"沧澜语带敬意，听得出他很敬爱这位兄长。

莫澜笑着点点头，又望向好奇打量他的霓月，问道："这是……"

"她叫霓月，是……是我……"说到这里，沧澜竟然结巴了。

霓月在旁看着好笑，也没帮忙。莫澜也笑出了声。

"好了好了。"莫澜打断道，笑意犹在，"不就是未来的小师妹吗？"

"师妹"两个字，他特意强调了一下。

"没错，小师妹。"霓月也打趣道。

沧澜更加尴尬了，耳根都微微泛红。

"好了，那我就不打扰你们了。"莫澜识趣道。

沧澜和霓月跟他道别，然后继续参观。两人离开时有说有笑，似是霓月在笑沧澜居然也会害羞。

这样的场景，原本何小妹看着是该难受的，但是她看见莫澜突然沉下的脸色后被吓住了。

她清楚地看见，两人离去的时候，莫澜那让人毛骨悚然的怨毒眼神。于是鬼使神差地，她没有再跟上去，而是留了下来。同时，她也感谢自己"观众"的身份。

待沧澜和霓月完全离去后，莫澜以通讯法器唤来一人，那人出乎她意料之外，也在她意料之中——古溪。

"去查一下那女人。"莫澜吩咐道。

"是。"古溪点头应下。

按等级划分，莫澜强过古溪，所以他这样的语气并不奇怪。而听到他们这么说，何小妹也才反应过来，莫非现在的沧澜并不知道霓月魔尊的身份？不过不管他知不知道，莫澜也管得太宽了，且变脸变得太快了。想起上次见面，他对自己和蔼可亲的模样，不知道是不是也是装出来的，搞不好他一回头也去调查自己了。

这个莫澜，真是个心机男！沧澜如此信任他，如果他想对沧澜不利的话……思绪至此，何小妹猛然惊醒，不，准确来说，是痛醒的。

"小妹！"见何小妹醒来，凤月立刻上前叫道，并喂她喝了一口水，"还很痛吗？"

何小妹不知该如何回答，那种撕心裂肺的疼痛让她整个人都不好，她不知道自己能不能熬得住，只好转移注意力道："凤月，在梦里，我看到沧澜和霓月了……"

"哎呀，你就别想了！"凤月连忙打断，心里又气又心疼，"我告诉你啊，你刚才吃的那个可是灵果！你只要熬过去，就可以成为半个仙人了！"

半个仙人？何小妹闻言，脸上总算露出些许喜色，只是掺杂着痛苦和汗水，难以分辨。

成为半仙后，是否就能离沧澜更近一些？

这样的折磨足足持续了三天，何小妹一边想着如果她死了便再也见不到沧澜了，一边又想着她脱胎换骨后可以咻咻地飞来飞去。终于，疼痛感慢慢减弱了，身体也恢复力气，终于能吃下东西。可是，凤月竟然还敢给她摘果子吃。

"你现在正需要灵果补充力量，如果吃下去后不会再痛，那就等于你挨过了考验，现在已经是半仙了。"凤月分析道。

听他这么一说，何小妹眼一闭，抓起果子就往嘴里丢，几乎是整个吞下去的。凤月见状，提心吊胆地等着。

"不痛了！"时间一分一秒过去，何小妹久久没再感受到那股永生难忘的疼痛，难以置信地惊呼道。

凤月听后，长舒一口气，赶紧又递了几个过去。何小妹欣喜接过，总算有心情好好品尝了，她觉得自己这三天没白熬。

事后，凤月教了何小妹几个简单的掐诀手法和口诀，何小妹有样学样，效果却十分强大，这让凤月大吃一惊，称赞道："你以后加以修炼的话，说不定能成为一位法力强大的仙人。"

何小妹也挺高兴的，这样她就可以帮沧澜了。

离开小世界前，凤月对何小妹建议道："你在这里挑一件法器吧，降魔并不适合你，太过笨重，还是有把自己趁手的武器比较好。"

何小妹听后点点头，她是凡人的时候拿屠宰刀，现在成半仙了，总不能还拿屠宰刀吧？不是她看不起自己以前的身份，只是太过单调了。

顺着柜子上的武器一把把查看过去，上面陈列着无数奇形怪状的法器，她看得目不暇接。

就在她犹豫不决时，小竹屋忽然剧烈摇动……不，准确说是整个小世界都剧烈摇动。

"这里要塌了吗？"何小妹惊恐地问，她想起生长赤仙草的那个洞。

"似乎不是。"凤月感受了一下，拉起何小妹飞出了小竹屋。

他们刚出去，便看到不远处的一个湖里湖水翻腾四溢，似是有什么东西要从水底喷涌而出。

"唰——"荧光飞过，在两人都没反应过来之前，一把黑红相间的剑窜到了何小妹手中。

此剑为圆形，从剑柄到剑尖逐渐变细——不然也不能称为剑了。剑身则分为六节，节与节的相接处微微朝外翘起，形状颇似宝塔的屋顶。上刻"碎魂"，且整把剑都散发着流光溢彩。

霸气、漂亮，便是何小妹对这把剑的第一印象，紧接着，她又觉得这把剑很亲切，发自内心感到喜爱。

"这……"看着自动飞到何小妹手中的剑，凤月瞪大了眼，"这难道就是霓月的法器？"

"霓月的？"何小妹反问，心情说不清是抵触还是什么。为什么她喜欢的东西都是霓月的？"我们还是先出去找沧澜他们吧。"

凤月点头，然后又叹了口气，活像个老头子。何小妹假装没听见。

何小妹那边进展喜人，沧澜这边却十分不好。自从他得知莫澜的阻拦后，便加快了复活霓月的步伐。

他闯出秋明山，到处去寻找能复活霓月的法器和仙草，因为如果停下脚步的话，他便会忍不住再次把心思放在何小妹身上。他不能再伤害她了，不能！

他拿着天宝乾坤试过了无数灵魂，可是没有一个能充当媒介。他开始像个疯子一样，只要见到相关的法器，求而不得后便开始抢，完全不顾形象。

在复活霓月与回忆起何小妹的念头里，他矛盾着，挣扎着，就在他觉得快要崩溃的时候，一个让他更崩溃的人出现了。

"沧澜，你这又是何苦呢？"来人是莫澜。

"我只是想复活霓月而已。"他回答道。再次见面，他对莫澜多了些防备。

"就算是这样，你也不能鲁莽行事啊，你知道有多少仙人跟我投诉你最近的行为吗？本来复活魔君就是不应该的，你还那么高调，这样你让我怎么帮你？"

沧澜听着他虚情假意的关怀，不禁冷笑，撕破脸道："你的意思是，你同意我复活霓月了吗？”

　　莫澜听到他质疑的语气，眼睛半眯："你什么意思？”

　　"字面意思，就是问你，是否同意我复活霓月。”

　　"是不是夜十二跟你说了什么？"莫澜问道，"他是魔族大祭司，你怎么能相信他的话？”

　　沧澜闻言冷笑，轻轻地摇了摇头，准备离开。莫澜一把抓住他的手："你这是什么态度？跟我回去！”

　　"放手！"沧澜说完，挥手便想动用法力。

　　"你竟然对我出手？"莫澜的语气里透露着危险。他不再心软，强硬地将沧澜捉了起来。

　　沧澜想反抗，但被莫澜挡下了，并且打倒在地。

　　莫澜居高临下地走到他身前，说道："放弃吧，你是打不赢我的。”

　　沧澜仍然不放弃，强撑着继续交手，可这在莫澜眼里就跟过家家一样。

　　"哼，都怪霓月这个女人。"莫澜冰冷的语气像一条毒蛇，"要不是她，你又怎么会变成这个样子？你有那么好的资质，足以成为仙尊。"说完，他又换上师兄的温柔面孔，"放弃她吧，她假冒仙人来接近你是有目的的，你怎么不知道她是不是打仙界的主意？”

　　莫澜的话像是指控，沧澜终于明白古溪所说的，说他为什么仍然改变不了这一切，因为这一切都是来自于他最信任的人，他觉得自己从来没有看透过他。

　　"霓月对我很好，并不是你说的那样，你就不能成全我们吗？"沧澜几乎恳求道。

寻月谣

莫澜仿佛听到一个天大的笑话："成全？够了！你再这样执迷不悟的话，我有的是办法让你听话！"语落，莫澜用捆仙索将沧澜绑住，并带回了秋明山。

在两人到达秋明山的当天，便传出了沧澜已被其师兄莫澜仙尊禁锢住的消息。并且莫澜仙尊还说，如果沧澜再执意要复活霓月逆天而行的话，他便会亲自动手，将沧澜的法力废掉。

得到此消息，天宝仙君和箬素担忧万分。

"什么逆天而行？"同样，箬素也很气愤，"他喜欢的就不是逆天，他不喜欢的就是逆天，这是什么强盗逻辑！"

"对啊！我俩不是在一起好好的嘛！"天宝仙君配合道。

箬素本来气呼呼的，听到这话一下笑了，而后正色道："大祭司去忙着做抵抗仙界的准备，虽然我不是很喜欢沧澜，但好歹相识一场，也不能见死不救，要是小妹知道了，指不定怎么痛哭流泪呢……"就当帮那个傻丫头。

"对对对！夫人说什么都对，我一定支持到底！"

"行了行了，别贫了，你要是不帮忙，那我就是纯粹是送死的。莫澜已经到达仙尊的位置，肯定很难对付。"

"放心吧！无论如何，我也会保住你的。"天宝仙君也难得正经。

箬素点点头，脸上浮上一抹几不可见的绯红，有些别扭道："我才不会落跑，要死一起死。"

"嗯。"天宝仙君笑得极为温柔，"一起。"

两人说完，起身飞往早已打探好的关押沧澜的地方。

这几天，他们把秋明山找了个遍，始终没看到何小妹和凤月的身影，他们猜测，或许凤月已经把何小妹送回清平镇了。

另一边，刚离开小世界的何小妹，正在尝试独自一人飞行，她所用的飞行法宝便是"碎魂"。

一开始，凤月担心她会不习惯，想跟她一起，但是"碎魂"却不让他上，奇特的是，他竟然能抓住这把剑，而且更奇特的是，他总觉得这把剑在笑他。

两人飞到离开前沧澜等人所居住的地方，果不其然，大家都离开了。见何小妹一脸失落，凤月提议去打探打探。

"我跟你一起去。"何小妹说。

"不用了，你先休息一会儿吧。"凤月拒绝道，"我很快就回来，而且你现在有仙法了，要是有没眼力见的小妖怪，正好可以试试手。"

何小妹被凤月说服，点了点头。然而凤月一走，她的心思又飘了起来。

刚才一路飞来时，她一直在想见到沧澜后该跟他说些什么。

是炫耀？他肯定会很惊讶吧！先前还嫌弃她学不了法术，现在她速成了，而且效果还挺不错。

还是沉默？

凤月离开后，何小妹并没等很久，不一会儿，他就回来了，同时也带来了一个不好的消息："沧澜被莫澜捉了起来，据说今日就要废除他的法力。"

"为什么？"何小妹一下站了起来，"他不是师兄吗？"虽然她有过猜测，但没想到他真的会这么做。

"据说是因为沧澜冥顽不灵，一心想要复活霓月。"凤月回答，第一次

觉得沧澜不讨厌，因为那个莫澜更讨厌。

"我要去救他。"何小妹道。

"你别冲动，莫澜是仙尊，法力高强，不知道要甩你，不对，是甩我们多少条街，你这样傻乎乎地前去，不是救，而是陪葬。"

"那怎么办？"何小妹不知道如何是好，急得在原地打转，"不如我们去劫囚牢吧！"

劫牢跟直接去救其实是一个办法，不过一个光明正大一点儿，一个偷偷摸摸一点儿。但是到如今，凤月也没办法，只好点头道："我们先去刑场附近打探一下情况，到时候再作打算。"

"好！"何小妹满口答应。

沧澜，你等我！我有仙法了，我可以帮你了！

刑场地点设在秋明山山顶，沧澜被捆绑并关在一个囚牢里，现在的他颓废、沮丧且绝望。白玉冠有些歪，头发也乱糟糟的。要不是法衣不染尘污，估计就是一副叫花子模样。

何小妹看着这样的沧澜十分心疼，她想去救他，可是周围守卫森严，而且都是法力高强的仙人，光对付一个已经吃力，更何况现在是四个。

除了凤月和何小妹外，在旁埋伏的还有天宝仙君和箬素。天宝仙君眼尖，发现了躲在不远处的他们。他示意箬素后，折了一只老鼠代为传递信息。

扁扁的纸老鼠被他印了个诀，变成一只同等大小、以假乱真的白色小老鼠，飞快朝二人跑去。然而没想到的是，何小妹怕老鼠，见到老鼠后条件反射地尖叫出声。

听到响彻山谷的尖叫，三人同时默哀。

凤月想，难道天宝仙君就不会折个可爱点儿的吗？比如说蚱蜢什么的。

听到何小妹的声音，沧澜不禁抬头循声望去，等看到她本人后，短暂的惊喜变成了气愤。

她是过来送死的吗？凤月那个笨蛋怎么不阻止她？

"我是过来围观行刑的，刚刚被一只老鼠吓到了，下次不会了。"被守卫的仙人齐齐对准，何小妹不好意思地挠了挠脑袋道。

守卫心里默默想，还有下次？

"捉住她！"突然，一个声音响起。

何小妹发誓，她这辈子最讨厌的便是这个声音。没错，来人便是法力被锁的古溪。

符咒的作用还没消退，几天不见，他似乎比上次老了不少。要不是声音没变，何小妹都快不认得他了。

闻言，守卫迅速朝何小妹袭来，沧澜大喊道："快逃啊！"

此时此刻，他无能为力。

不过在他大喊的同时，凤月便闪身挡在了何小妹身前。见状，天宝仙君和箸素也加入了战斗。

三人勉强招架住四位守卫。至于古溪，他现在就是一个拳脚比较厉害的凡人，箸素几下就将他解决了。何小妹则负责打开囚牢。

眼看他们要得手了，一股威压突然自上方而来。莫澜恼怒地瞪着众人，长袖一挥，一阵狂风刮过，大家险些被刮倒。

沧澜第一时间抓住了何小妹的手，喊道："走，你们不是他的对手。"

何小妹恍若未闻，而是笑着跟他说："你别怕，我现在就救你出来。"

"不……"沧澜声音发抖，鼻头发酸，"你快走，莫澜真的会杀了你的……"

"我不会走的。"何小妹坚决道，"以前一直都是你救我，现在轮到我救你了。"

听到何小妹的话，沧澜觉得自己肺都要被气炸了，但心里又感动得无以复加。

本来四个守卫就难以对付了，现在莫澜也来了，根本就是毫无胜算，不过何小妹坚持的模样又让他舍不得发怒。

安慰完了，何小妹抽回手，然后学着凤月教她的法术，慢吞吞地掐了个诀。白光闪现，同时也将囚牢解开了，现在只差绑住沧澜的绳子了。

没想到何小妹会仙法，沧澜呆住了，莫澜也呆住了，他下手越来越狠。凤月、箸素、天宝仙君三人根本就撑不住，

"这个说来话长，以后再告诉你！"见沧澜有疑问，何小妹迅速道。同时，她也解开了绑在沧澜身上的捆仙索。

获得自由后，沧澜立刻加入对抗莫澜小分队。当然，何小妹也不甘落后，只是她对仙法的运用还不熟练，好几次差点儿伤及自己人。

然而，两人的加入并没有对局势有什么大的改变，情况仍旧十分严峻，长此下去，只会全军覆没。如果有一个人能拖住莫澜，让其他人逃跑的话……

"沧澜，你带着小妹先走，这里由我顶住，我随后跟上。"想到这里，凤月大吼道。

沧澜知道他的打算，并不打算留他一人牺牲，于是没有回答。

凤月感谢沧澜的理解，但也无奈，苦笑一声道："你快滚吧！别假好心了，我没有那么伟大，我不是为了你，我是为了她，所以，如果你们安全了，答应我，帮我好好照顾她，别再辜负她了。"说完，凤月一把将沧澜推到何小妹身旁，用尽全身力气喊道，"你们快跑！"

天宝仙君和箬素闻言立刻逃进树林里。沧澜无奈，只好带着何小妹跑了。

"不自量力。"

见沧澜和何小妹等人逃走，莫澜更加恼怒，他迅速掐诀，无数道锋利的光齐齐刺向凤月。

何小妹起先还没反应过来，等她回头去看的时候，只看到化为点点光芒的凤月，当即撕心裂肺喊道："不要！"

凤月从下往上逐渐消失，变成无数星光，美得像是何小妹在清平山看过的夜空。一瞬间，两人从相识到相熟的画面——在脑中闪过。

"小妹……再见……"最后消失前，凤月笑着说。

何小妹听不见他的声音，两人的距离也越拉越远，但不知为何，她看得清清楚楚。

万物寂静，大概就是这种感觉。

对着凤月消失的方向，何小妹伸出手，同时，一颗小小的棕色种子飞向了她的手心，她下意识将其握紧。

虽然她不知道这是什么，但她有一种强烈的预感，这个东西很重要。

泪水沾湿了种子，何小妹将其紧紧握在掌心。

沧澜理解何小妹的心情，但现实却不允许他们有一丝一毫的怠慢，他急速离开……

至少，他不会让凤月白白牺牲。

● Chapter ⑩

第十章

阴谋揭晓，来世再会

远离刑场，何小妹仍心有余悸，此刻无论她是睁眼还是闭眼，都只会出现凤月消失前的画面，她觉得，如果不是她鲁莽行事，或许凤月便不会……此刻，何小妹内心充满了愧疚。

沧澜安抚般将她拥入怀里，但是他也不知道该如何安慰她。

"对了。"想起最后的场景，他低声道，"凤月是不是变成了一颗种子了？"

种子？何小妹有些迟缓地抬起头，眼里满是悲伤。

她只记得一颗种子落入了她手中，难道那是凤月变的吗？

她从怀里掏出种子，只是无论怎么看，都无法跟凤月画上等号。

"如果我猜得没错，或许凤月是从种子类植物修炼成仙。"沧澜道，何小妹闻言惊讶地抬头望向他，眼底有隐隐的期待，沧澜接道，"因为肉体被毁，所以他的精魂将回归最初状态，或许这颗种子才是他的真实状态。"

"那……"何小妹一扫先前的悲伤，急忙道，"我把种子种入土内，明年就能长出一个凤月吗？"

这个问题沧澜不好回答，谁知道凤月再活过来后，还是不是当初那个凤

218

月，但他又不忍何小妹再伤心，只好支吾回答："是吧。"

闻言，何小妹恨不得立即找一块地将种子埋进去，但碍于现状，两人只能继续找安全的地方躲藏。幸好他先前将血符毁掉，要不然只怕莫澜随时都能找来。

逃跑途中，沧澜身上的通讯法器亮了起来，莫澜的声音缓缓传出："沧澜，你只要承认错误，以前的事我既往不咎！"

错误？沧澜苦笑，他何错之有？倒是莫澜，一路机关算尽，只当他是傀儡。

没得到沧澜的回应，莫澜也不再发来劝说，只是加大力度搜索。

莫澜那边人多势众，对于沧澜和何小妹便是寸步难行，路面和上空都有人把守……忽然，沧澜脑中灵光一闪，他想到了一个地方。

此地是他无意中发现的，藏在地下深处，且寒气冰冷入骨，就算是仙人也有些受不住。

"你……为何突然懂得法术了？"带何小妹前往此地的时候，沧澜问道。

"其实……这也是巧合啦！"何小妹有些心虚道。她把碰到古溪，并意外进入小世界的事情一一说了出来，只是除去了霓月这一部分，可能是出自私心，她不想告诉他，因为她怕他会丢下她，然后不顾一切地冲向霓月。

当然，"碎魂"的事她也没说。此刻，"碎魂"就在她的百宝袋里，这是在她获得仙法后凤月送她的，里面还有"降魔"、披风、"白羽鲛鳞"……

沧澜没想到何小妹竟然遇上了如此奇遇，不过看到她突然情绪低落，猜

219

测她大概是想起了凤月，便也不再追问。

不过也正是由于凤月的事，所以沧澜心中的天平偏向了何小妹，没联想到夜十二之前说过的"秋明山有霓月修炼的地方"。

越往下走，气温越低，何小妹不自觉使出法术借以抵抗寒冷，沧澜看着心中挣扎，想劝她离开，反正莫澜要抓的是他。如果何小妹跟他在一起的话，只会更危险。

"小妹，不如……"

"我不会答应的。"沧澜开口，话还没说完，便被何小妹阻止了，"我是不会抛下你的。"

"为什么？难道你忘了我之前还想牺牲你换霓月吗？"

闻言，何小妹眼中闪过一丝悲伤，可还是坚定道："我不怕，我这次回来就是希望能跟你在一起！"

沧澜心中再次震动，喃喃道："为什么……"

"因为我懂了一些事。"何小妹露出一个笑容，"心只有一颗，既然给了你，活跟死又有什么区别？"

霓月可以为你牺牲，你也可以为霓月牺牲，为什么我不行？

"小妹……"沧澜不禁黯然，"我没有那么好……"甚至可能做不到答应凤月的话，会辜负你，"我根本就没资格拥有你……"

"没关系！"何小妹摇摇头，主动牵起沧澜的手，"我已经拥有了全部的你，就够了。"

星光流转，沧澜仿佛听见了嫩芽破土而出的声音，接着万物生长……

他想，他是矛盾的、挣扎的，却也乐在其中，于是，他更用力地反握住了她的手，两人步伐坚定地往前走去。

走了一段路后，气温只低不高，四周也开始出现一些冰凌。何小妹惊讶地看着在寒冰底下闪闪发光的七彩水晶，美得不可思议。

又往前走了一段路，前方是一条地下瀑布，如银河般闪耀。

"好漂亮。"看着眼前的景色，何小妹感叹道。

沧澜见她瞪圆眼睛的模样，很想逗她："据说，墙上的水晶之所以这么耀眼，是由仙人的仙骨炼制而成，而这里有专门捕猎仙人的魔兽，像你这种半仙，正是最佳的捕猎对象。"

何小妹收回目光，心想，这一定是骗小孩的，肯定不是真的。

沧澜继续道："据说它经常在这里出没。"

何小妹笑了笑，表示她才不会信。

两人继续往里，景色越来越美，此时，四周已然没有了寒冰，而是陷入了一片黑暗，但是黑暗中却闪烁着光亮，犹如天上银河，繁星闪动，璀璨夺目。如果忽略这里寒冷的话，何小妹觉得这里或许会更美，又或许如果没有那个四不像的大块头盯着她的话……

"这下你该信了吧。"面对忽然出现的魔兽，见何小妹一脸惊讶，沧澜笑道。

何小妹慌了，因为魔兽似乎对沧澜不感兴趣，而是十分黏她。总之她去到哪里，魔兽就跟到哪里。

见魔兽只是跟着自己，并不攻击，何小妹顿时松一口气，不再移动。然而没想到的是，魔兽见她不动了，反而朝她张开了嘴。

何小妹蒙了，亏得一直注意她的沧澜及时出手，将魔兽震开。

“它是要吃我吗？”回过神，何小妹不解道。

“要不然呢？”沧澜眼中带笑。

“我以为……它只是喜欢跟我……”何小妹有些委屈，亏她还以为自己"受欢迎"呢。

“我早跟你说过了，像你这种半仙，正是最佳的捕猎对象，它们闻得出来。”

“我以为你开玩笑呢……”

“……”

“那它为什么一开始跟着我跑来跑去的啊？”

“因为你是活的。”

“啊？”何小妹吃惊，“难道它以为我不动了，就是死了吗？”

沧澜认真地点了点头。

不是吧！何小妹惊讶，这魔兽也太蠢了吧！

“这里与外界连接少，魔兽们灵智不开，智力低下也是正常的，毕竟谁没事老往这里跑？”沧澜解释。

何小妹点点头，觉得他言之有理。

除了逃命，大概没什么原因会来这里了吧？总不能是为了欣赏风景吧？

接连几天，两人都过着打打怪，看看星星，聊聊天的生活。他们用魔兽的毛皮取暖——由于常年生活在此地，这里的魔兽都有着厚软暖和的皮毛。何小妹现在是半仙了，也不怎么需要吃东西，闲暇时，沧澜还会教她法术。

没有复活、仇恨和杀戮的纷扰，他们就如同一对普通的恋人，因自己喜欢的人在身边而感到幸福。

不过，这样的日子就像是暴风雨来临的前夕，只是他们选择不提，想要继续享受所剩无几的美好时光。

　　某天，当何小妹再次醒来，是被阵阵吼叫声吵醒的。这些吼叫声来自于生存在此处的魔兽。于是她知道，这样悠闲的日子结束了，肯定是莫澜带人找来了。

　　"不要怕。"沧澜也感应到了，他握了握何小妹的手道。

　　何小妹看了眼两人相握的手，坚定地点了点头。

　　见面后，两方人马一言不发，直接动起了手。对方不是秋明山那群小妖怪，沧澜面对几人的围攻有些吃力，幸好有何小妹在旁支援。

　　何小妹拿出"降魔"，自创招式，将法术和平时杀鸡的招数融合在一起，再配合上沧澜的动作，把他们杀了个措手不及。而且，何小妹的招式虽然简单，但效果却比一般的仙人要高上许多。

　　沧澜是听过"灵果树"的，吃了那果子，或许凡人可以变为半仙，但不可能有这么高的法力。对此，他心有疑惑，并且他觉得何小妹身上有种令他熟悉的感觉……

　　仙人数量占多数，一拨没打退，另一拨又来了，沧澜和何小妹本就十分吃力，现在则是抵死顽抗。然而在面对如此危险的时候，何小妹体内的力量却开始膨胀，就像是吃撑时的感觉。

　　何小妹难受，又不知如何发泄，她的脸色慢慢发紫，甚至难受得满地打滚。旁人见状想上去捉住她，却又被她周身暴虐的气息弹开了。

　　红色气息像是潜伏的野兽，将何小妹缠绕。

　　见此状况，沧澜想过去查看一下，可是他也分身乏术，只好大声喊道：

"小妹！"

何小妹艰难地睁开眼睛，然而眼前出现的却是霓月和沧澜在一起时的画面。他们亲昵交谈、打闹……无数画面重叠在一起，让她越发难受起来。

"小妹，你没事吧？"沧澜还在大喊，过程中，又因为分心被伤了手臂，但他毫不在乎，现在他整颗心都扑在何小妹那里。

"没……没事……"何小妹咬着牙回答，同时，她以降魔为支撑，慢慢站起来。

她不能拖后腿……她不能……

"小妹！"何小妹最终没能站起来，她再次倒下了。

失去意识前，她听到了沧澜的呐喊，还有箬素关切的声音。

当何小妹再次醒来时，发现自己躺在一张床上，在不远处的木桌旁，有故意压低的说话声。她虽然听得不完全，可已感受到空气中的紧张感了。

在桌旁商讨的是沧澜、天宝仙君、箬素和夜十二——看来是因为大家及时赶来，他们才得以暂时脱险。

"根据我的情报，莫澜的杀妖行动已开始启动，有大量仙人闯入妖魔界，并且至少有一半以上被杀害。我已让部分大军前去镇压，其中一部分则在秋明山外待命，只要我一声令下，便可杀入秋明山。"夜十二严肃道。

闻言，箬素不禁皱眉。秋明山仍有一大部分仙人，如果真依夜十二所言，到时候又跟发动真正的仙魔大战有什么区别？

回想起当时的战况，实在是太惨烈了。

"难道就没有办法阻止吗？"那她跟天宝到底是敌人还是盟友？

"这场战斗并不是我们挑起。"似是看穿箬素的想法，夜十二冷笑道，

"我们是被迫参战，这一切都是莫澜的阴谋。"

夜十二说话时，沧澜保持着沉默。莫澜毕竟是他的师兄，说不愧疚是假的，但要他跟他们一起骂他，他也做不到。

"不过……"夜十二话锋一转，"如果复活了霓月后，便可停止这场无谓的战争，莫澜忌讳霓月的力量。沧澜，只要你利用那个女人，便可以解决一切问题。"

夜十二话音落下，躺在床上的何小妹也赶紧竖起了耳朵。

她又一次被推到了沧澜的面前，这次她还是会被牺牲的那个吗？

"不。"沧澜坚定的声音响起，无数次，何小妹也是用这种声音回答他的，"我想得很清楚了，复活霓月不一定要牺牲谁，我也不想伤害小妹，我欠她太多了。但是只要我活着，我就一定会想办法复活她。"这是他第一次放弃了复活霓月的机会。

"你！"夜十二怒目相视，"你为了她一个，要用三界涂灵做陪葬吗？"

"难道她就不属于三界吗？"沧澜冷静回答，"难道她一条命就不是命了吗？凭什么她要做这种牺牲？如果霓月知道自己的命是用这种方式换来的，她也不会开心……"

提到霓月，夜十二安静了下来。

而听到沧澜的话，何小妹瞬间便红了眼眶。也许她曾经的做法很傻，但幸运的是，她的傻得到了该有的回报。

就在气氛良好时，天宝仙君突然大喊一声"小心"，紧接着一道白光划过，轰的一声巨响后，他们藏身的房子被炸开了。在此之前，沧澜抱起何小妹迅速移开了。

外面火光四射，厮杀声不止。沧澜看着莫澜高高在上的样子，觉得异常陌生。

"沧澜，你是站在仙界这边还是妖魔界那边？"见沧澜出现，莫澜高声问道。

一时间，大家都停了下来，等待他的回答。

沧澜沉默半晌，最后答非所问："莫澜师兄，你真的要挑起仙魔大战吗？"

莫澜瞪了他一眼，一副恨铁不成钢的表情："你懂什么！现在魔君已入轮回，正是仙界大挫妖魔界的好时机！"

沧澜震惊，这大概才是莫澜师兄的真正想法吧，仙魔自古两立。

此时，魔界大军也在夜十二的召唤下及时赶到，是清一色的黑色铠甲，带着逼人的煞气。

何小妹感受着这一触即发的危险气息，头昏症又发作，沧澜连忙扶着她，关切问道："你没事吧？"难道这跟那个灵果有关？

何小妹摇摇头。

夜十二见状不屑，瞪着沧澜道："霓月因你而死，其实莫澜早就知道了她魔君的身份，所以才假借你之手设计陷害她。而霓月也早就知道了莫澜的计划，只可惜她爱你，被爱情蒙蔽了眼睛。"

夜十二的话在沧澜心中再次掀起滔天巨浪，他无处发泄内心情绪，只得愤怒地质问莫澜："他说的都是真的吗？"

莫澜没有否认，淡淡道："要怪只能怪你没有能力保护心爱的人。"

沧澜因这句话被彻底激怒，他放开何小妹，抽出天琅迅速朝莫澜袭去。不过跟前几次一样，攻击仍然被莫澜轻松地挡了下来。

沧澜不放弃，继续挥剑狂砍，两人在空中交战，身影快如闪电，一时之间难分结果。

古溪趁此机会带领众仙进攻，夜十二也同时下达命令，让魔军出手反抗。双方交战的瞬间，四周顿时充斥了绚烂的法术。

何小妹被箬素拉到一边："你先躲躲。"说完，她也加入了战斗。

眼下战场十分混乱，何小妹想到了在沧澜的幻境中所看到的那场仙魔大战，总有种梦境成真的感觉。

她想帮忙，可头昏得厉害，总觉得有什么东西要从体内而出。她脑中也不断闪现零零碎碎的画面。这些画面是从她的视角看见的，但她又确实没经历过。

你知道这个地方怎么走吗？

"她"看见了沧澜白衣飘飘。

好巧啊，又见面啦！

"她"看见了沧澜一脸莫名其妙。

我叫"月儿"，是这仙界的仙女！

"她"围着沧澜打转道。

为什么……这些难道不该是霓月的记忆吗？为什么她会看见这些？

何小妹疼得抱头蹲下，以她为圆心，四周出现红色的烟雾，任何靠近的人都会被弹出去，不分敌我。渐渐，她身边出现了一个真空地带。

见何小妹"无害"的模样，古溪计上心头，他从怀里掏出一张符咒，简单念咒后便扔向何小妹。

由于咒文的禁制，他做完这些简单的动作后，就已经疼得面容扭曲了。

该死！都怪沧澜，要不是他，他怎么会如此狼狈？他发誓一定要沧澜尝试比自己痛一百倍、一千倍的痛苦！

符咒被丢出去后，定在了何小妹的头上，接着，何小妹似乎被定格了一般。接着，她一脸呆滞地朝古溪走去，像是被操控了似的。

这样的把戏古溪玩了不止一次，天宝仙君一直注意着他，见此，狠狠给了他一刀。

"啊——"古溪惨叫一声，紧接着，一道紫色的烟火从他身上的伤口中燃烧。很快，他整个人都被紫色烟火吞噬，化为尘埃。

箬素在旁注意到，朝天宝仙君比了大拇指，天宝仙君摇摇头，指了指自己的嘴巴。箬素脸一红，然后四下看了看，见没人注意她，立即丢了飞吻过去，天宝仙君这才心满意足地继续战斗。

而何小妹也因为这一个小插曲，头痛稍稍好了一些，她正在找沧澜。

另一边，原本是莫澜跟沧澜一对一的战斗，由于有了夜十二的加入，莫澜被轰出数十米，嘴角也渗出丝丝血迹。

"莫澜师兄，收手吧。"沧澜不忍道。

莫澜用手背狠狠擦了一下血，勾起唇角冷笑道："你以为你们能赢得了我吗？"

"那你就来试试。"夜十二危险地眯起眼睛，手中镂空雕花的弯月急速旋转，带出琉璃光彩。

但是出乎他们意料的是，莫澜并没有再次进攻，而是突然朝某个方向急速飞去。沧澜望去，看见了人群中呆立的何小妹。

"不要！"沧澜大喊道，同时也朝何小妹飞去。

然而他终究是慢了一步。

"想要她活命的话，就杀了夜十二。"莫澜威胁道，伸手直接掐着何小妹的脖子。

何小妹想挣脱，可莫澜的手坚如磐石，她怎么都挣不开。

"放开她，这件事跟她无关。"

"杀或是不杀？"莫澜不耐烦地问道。

沧澜没回答，甚至没有任何反应。

莫澜再次冷笑，手上力度加重。何小妹顿时便觉得喉咙里如同火烧般难受。

"你……你掐死……了我，你拿谁当人质……"这句话何小妹说得断断续续。

莫澜听后轻蔑地看着她道："你敢威胁我？"被夜十二挫伤后，他的耐心越来越少。所以他也没看到，沧澜趁机给何小妹使了个眼色，然后欺身压来。

莫澜第一反应是将何小妹扔出去当挡箭牌，但是在沧澜接住她后，他便意识到自己被玩了。

"是你们逼我的！"莫澜愤愤道。语落，他唤出了一只灵兽朝两人攻去。

以火为攻的灵兽，落地便放出一串火光，成功打散了沧澜和何小妹。两人分散后，莫澜以剑刺向何小妹，沧澜见状连忙回身去救……

第十章 Chapter 10

阴谋揭晓，来世再会

229

剑最终还是落下了，不过是落在沧澜的身上。何小妹瞪大了眼，似是不敢相信，她朝着莫澜大喊："他是你师弟啊！"

"都是你害了他！"莫澜也有些慌，"你们一个两个！都是你们！"说完，他再次飞向夜十二，接近发狂地攻击。

"沧澜！沧澜！"何小妹紧紧抱着沧澜，一声声呼唤道。她笨拙地掐诀用治愈术，却没有一点儿用。

"你别死！你别死！"何小妹边说，泪水边啪嗒啪嗒往下落。

沧澜伸出手，轻轻帮她拭去，温柔地笑道："别哭了，本来就不漂亮，再哭……还能不能嫁出去了……"

闻言，何小妹拼命摇头，她已经哽咽得说不出任何话了。

她不要嫁！她还能嫁给谁？她都做好了为他牺牲的准备，现实却是他为她牺牲了。不要！凤月已经离开了她，为什么现在沧澜也要离开她？

"小妹。"沧澜还在缓慢地说着，"你是个很好的姑娘，有傻到可爱的善良。谢谢你那么喜欢我，虽然我一直觉得自己配不上你的喜欢。为了救你，我不后悔，我很开心，真的，我总算能为你做些什么了，还有，别哭，你哭了我也会难过的……"

沧澜的声音越来越小，何小妹一直侧着头认真聆听，听到最后，她几乎需要把耳朵贴到沧澜的嘴边，才听得清对方在说什么。于是，她自然看见了沧澜从脚开始慢慢分解，变成了细碎的星光，就像凤月消失时一样。不过沧澜没有种子，他不会再回来了。

"别……别……别走……"何小妹紧紧握住沧澜的手，但是她所握住的地方也慢慢消失了，最后，她连星光都握不住，只能眼睁睁看着它们从指缝间溜走，消失在如银河般美妙的景色里。

寂静是什么？何小妹再一次感受到了。

四周万物再无声响，她的世界一片空白。这种安静是因为巨大的爆炸后沉淀下来的，她的耳中嗡嗡鸣响……

沧澜消失后，他身上的百宝袋落在了地上，何小妹愣愣地看着，好一会儿才回过神，伸手去拿。与此同时，变故突生。

一道耀眼的光芒将她笼罩在内，喧闹的打斗也因此停了下来，他们看着无数法宝、仙草绕着那团光芒旋转，然后融入进去，并消失。

身处光芒，何小妹还没来得及惊讶，便被吸到息壤塑造的泥人中，此时她终于明白，原来她竟是霓月的神魂碎片之一。

白光散去，一位身穿黑色长裙的女子重新出现众人面前。她外披黑羽毛披风，长发高高束在头顶，以繁复花纹的金环固定，英气逼人。

她扬起手，便带起风，她挥出手，便落下雷。她浑身都散发着令人战栗的气息。

她像是黑夜一般深沉，却又带着光明的璀璨。

何小妹以霓月的姿态重新降临了！

"还给我。"何小妹开口。

她朝莫澜伸出手，莫澜不受控制地朝她飞去，然后跪倒在地。

夜十二见此十分兴奋，没想到自己真能等到这一天，立即狗腿地飞过去。

他竟然没有想到，何小妹跟霓月的灵魂契合度极高，极有可能是因为她就是霓月的神魂碎片之一。

何小妹扫了夜十二一眼，眼神里包含了许多情绪。夜十二这才想到自己之前对何小妹的态度有多不好。

"回去再说，回去再说。"从来都是拿鼻孔看人的大祭司，用蚊子般的声音小声道。

闻言，何小妹这才收回视线。

"我说，还给我。"她再次开口，不等人回答，手一抬，"碎魂"便从百宝袋飞出，落入她手中。

看见"碎魂"，不论是仙人还是妖魔，都倒吸一口气。

何小妹不开心，竟然没人回答她，于是"碎魂"轻轻一挥，地上立即出现一条深深的鸿沟，连带的还有莫澜大半截衣裳。

"如果你们不能把它还给我，那三界也就没有存在的必要了。"她再次开口道。

何小妹的话不可谓不狂妄，她却有狂妄的资本。魔尊不会消逝——除非他们自愿圆寂，且能世世轮回，正因如此，仙界才一直想将其铲除。

"你们不是想发动仙魔大战吗？那我就成全你们。"再次开口，何小妹带着隐忍的怒气。

莫澜虽然心有不甘，但也不敢赌何小妹话中的真假，只得赶紧制止她："我有办法。"

"你有这么好心？"何小妹讥讽道。

"不，我没有那么好心。"莫澜大方承认，"但他是我唯一的师弟，而且我当时也没想杀他。"

莫澜话音落下，唤来几位仙人，以他自身为法阵中心，作为能量提供，画下"聚魂阵"。

此阵消耗极大，莫澜以自己为阵眼的行为几乎算得上是自杀。如果运气好的话，他或许还能活一百年左右。

何小妹知道，他这是在赎罪。

权利，欲望……无论是人类、妖魔，还是仙人，都有，然而不论是谁，都得为自己当初的选择付出代价。

十七年后。

十七岁的沧澜已褪去少年的稚气，他身穿一袭青衣，背着一个背篓，前往深山采仙草。在回去的路上，一只大黑熊跳了出来，挡在他面前。

大黑熊的开场白幽默感十足，却智商不足："此山是我开，此树是我栽！爷爷我就是这里的山大王，你身上不是有很多仙药仙草吗？今天就来献贡给爷爷我！"

沧澜觉得这句话有些耳熟，不过他也没空深究，于是淡定地绕了过去。

见状，大黑熊有些尴尬。它觉得不捧场的都该一爪子挠死，可是看在对方如此英俊的分上，还是再给他一次机会吧！

"此山是我开，此树是我栽！爷爷我就……"

沧澜继续若无其事地绕了过去。

大黑熊怒了，印象中似乎记得以前好像也有一个跟他同样欠揍的人。于是，它决定给这人教训。

不过正当它想揍他时，一个如它脑袋般大的石头猛然砸向了它，疼得它眼冒金星。

"是谁！"大黑熊吼道。

听到大黑熊怒吼，沧澜也不自觉停下脚步。

自小他便发现总是有人在暗中偷偷帮他。比如遇到坏人时，他还没出手，对方便全军覆没；再比如，他去摘仙草时，如果有守护兽，他到达时守护兽必定受了重伤；还有，他如果生病了的话，桌上肯定摆满了他爱吃的食物；如果他被姑娘纠缠，第二天起床肯定会变成个大花脸……

大黑熊被暗算后十分不爽，又见沧澜站在前面发呆，便想找他出气，然而它刚抬起脚，一块比它身体还大的石头从天而降，直接将它压得陷进了地下。

它今天出门一定没看皇历。

大黑熊的惨状逗乐了沧澜，回过神后，他继续往山下走去。

他的"守护神"总是只闻其声不见其人，不，准确来说，他连声都没听到过。不过没关系，因为他相信总有一天他们会遇到。

望着渐行渐远的青衣，树枝上，表情俏皮的少女笑意盈盈。

她一只手拿着一对娃娃，一只手拿着一个草编的小人——小人的身体圆圆的，四肢短小，胸前还挂着一朵形状酷似凤凰的花。花的根部被一个小光圈包了起来，似是提供营养。

沧澜，大家都聚齐了，就差你。

在此之前，就由我来守护你吧……

年少——

恨意疯狂炽烈，
我们甚至忘了如何去爱。

成长——

长大的过程就好比骨头里长出了藤蔓，
每一次生长，都痛得疯狂。

时光——

恨意在时光里辗转成了爱。
爱在时光的打磨里渐渐成了灰。
我穷尽了一生的爱恨，
走过了每一段成长的道路，
却无法留住幸福的脚步。

叶冰伦 倾情作序
2016年锦年重磅新作
《过境鸟》即将震撼上演！

《晚安·当一切入睡》

毕淑敏/著

当整个世界被黑夜笼罩，万籁俱寂时，总有些人躺在床上辗转难眠。迷茫的未来，挣扎的生活，厌倦的工作，困惑的情感，繁重的学业……这一切如同卡在喉咙里的鱼刺，让活在这个复杂社会里的我们感到异常难受。

于是，那么多个夜晚，你听过风见过雨，却因糟心事、负能量缠身而无法入睡。

中国第一心灵作家毕淑敏

首次尝试"晚安"系列故事，
用真实的所见所闻，给你无限正能量，
陪你温暖入眠。

《晚安·当一切入睡》
《晚安·夜风相伴》
《晚安·明晨有最美的太阳》

"晚安"系列全三册

每册精选毕淑敏老师多篇美文，

篇篇都是模范文章。

在这复杂纷扰的世界里，总有几个如清风般的故事，会在深夜来临时，和你温声道晚安。

毕淑敏，国家一级作家、内科主治医师、北京作家协会副主席、北京师范大学文学硕士，注册心理咨询师。

著有《毕淑敏文集》12卷，长篇小说《红处方》《血玲珑》等畅销书。她的《学会看病》被选入语文（人教版）5年级上册第20课。

作者简介

曾获庄重文文学奖，小说月报第四、五、六届百花奖，当代文学奖，陈伯吹文学大奖，北京文学奖，昆仑文学奖，解放军文艺奖，青年文学奖，台湾第16届中国时报文学奖，台湾第17届联合报文学奖等各种文学奖30余次。

我愿"和你"浪迹天涯

——在孤独的路上遇见你，所以我的孤独里全是幸福

八个触动人心的故事，八段迥然不同的人生。

麦洛洛蛰伏多年后，为你讲述旅途中的刻骨铭心。

我愿陪你浪迹天涯，
我愿与你诗酒琴画。

你去过什么地方 √

河北	☐	山东	☐
辽宁	☐	黑龙江	☐
吉林	☐	甘肃	☐
青海	☐	河南	☐
江苏	☐	湖北	☐
湖南	☐	江西	☐
浙江	☐	广东	☐
云南	☐	福建	☐
台湾	☐	海南	☐
山西	☐	四川	☐
陕西	☐	贵州	☐
安徽	☐	重庆	☐
北京	☐	天津	☐
上海	☐	广西	☐
西藏	☐	内蒙古	☐
新疆	☐	宁夏	☐
澳门	☐	香港	☐

麦洛洛用一段大理的过往讲述了许许多多**刻骨铭心的故事**。
亲爱的你，又去过什么地方，**遇到过**什么样的人和故事呢？

把你去过的地方、经历过的故事写下来，微博晒《**我愿与你浪迹天涯**》并@瞳文社和麦洛洛，就能与大家一起行山河万里，见人海人山。

男主角的人生就是用来碾压的啊！

高智商美少女谢林雯大调查

慕·万年拖稿·读者的暖男·编辑的噩梦·夏 在超长拖稿期之后一口气出了三本书！在继《上好的青春，尚好的我们》学霸张媛媛和《半粒糖，甜到你》小白田菜菜之后，这次我们会迎来什么样的女主角呢？她和张媛媛、田菜菜又有什么不同呢？

噔噔噔！慕夏新书《你的孤独我全收》中的高智商美少女谢林雯即将闪亮登场！

☆ 你觉得自己和其他两位慕夏女主角有什么不同？

谢林雯：名字不同。

编辑：我是指性格、外貌之类的（循循善诱，这位"小主"能配合一下采访吗？）

谢林雯：（一脸冷漠）性格……性格不同，外貌也不同。

编辑：真的好不同，你这么不会聊天，你家男主角知道吗？

谢林雯：他？（冷笑）他很识趣。

编辑已阵亡，请求张媛媛、田菜菜来支援……

☆ 一段愉快（？）的交谈之后，我们的"外援"赶到。下面请问三位女主角，有没有试过与男主角作对呢？

张媛媛假装自己戴了副眼镜，似模似样地推了一下"眼镜"，道：有啊，最过分的一次是在课堂上，和他一言不合就开打，差点上演全武行吧。

田菜菜一脸震惊：好厉害！我基本上每次作时都会被纪会长镇压……

谢林雯风轻云淡：作对？智商比他高算吗？做题考试都完胜算吗？陷害他，导致他进副校长办公室算吗？

众人：你牛……

张媛媛：带他做题，给他布置学习任务。

编辑：真不愧是学霸金字招牌啊……

田菜菜：什么游戏？一起玩啊！

众人：果然不能指望田菜菜来拯救网瘾男主角……

谢林雯：如果是单机游戏的话，那就通关让他没得玩；如果是网络游戏的话，那就买个号上去砍他，砍到他不敢上线。

众人：高智商暴力美少女，霸气啊！服……

田菜菜：这个我有过！纪严总是要给我收拾烂摊子，这个算祸害吗？

编辑：（为什么要拿星星眼看我？只好微笑）算……吧……

张媛媛：应该说是互相祸害吧。但是他被我连累得要连夜逃往上海，说起来好愧疚啊。（笑）

编辑：那是情节需要，不用愧疚，大胆的祸害夏好了……那么谢林雯呢，你的经历是什么？

谢林雯：我无时无刻不在祸害他啊！（耸肩）假装告白让他在全校人面前出丑，揭发他偷带原文书出图书馆，智商碾压让他没奖可拿，再来点意外让他的真情告白搞错对象，让他的人生在遇见我之后一片黑暗。（微笑）

编辑：妈妈呀，这个高智商女主角好可怕……男主角的人生这样被碾压真的好吗？心疼《你的孤独我全收》男主角啊，简直是史上待遇最差男主角，没有之一……

田菜菜：我是《半粒糖，甜到伤》1、2一直到3的田菜菜，这是我和纪严的大结局，希望你们会喜欢！

张媛媛：《上好的青春，尚好的我们》，青春未结束，等你来开启。

谢林雯：我知道编辑在介绍我的时候喜欢说，谢林雯智商高、性格差到没朋友，但是那又怎样呢？能够碾压男主角的人生，这本身就已经够畅快了。想体会一下碾压男主角的畅快吗？来一本《你的孤独我全收》吧！

你是**青空之鸟**，他是**深海之岛**

西小洛

2016年 重磅巨献

迷失的青空之鸟

她因为骄傲，错过了陪伴她整个青春的他；又因为无法释怀，离开了将要守护她一生的另一个他。

如果你要从高空折翼坠落，那么请让我去代你承受。
如果未来我注定要消失远走，请你永远不要再记得我。

洗尽铅华，归还天真
片翼之殇，逆风而行

主要角色：**沙千鸟** 萧亦枫 **薛壤** 慕九华 **朱山** 舒潼

命运 抉择 坠毁 逆蝶 远行 返航

▲

安晴 著

我的世界以你为名

Wo DE

SHIJIE YI NI WEI MING

你知道自己是一个虚伪的人吗?

【测试题】

在你生日那天,朋友送了一个精致的花别针,这时的你会将它别在哪儿?

A. 帽子上
B. 胸前
C. 背包上
D. 领巾上

【答案】

帽子上:

虚伪指数90%。你习惯对人隐藏真正的心意,面对争议时,你总是默默在一旁听着;即使开口说,你也会说得模棱两可。你是个别人猜不出你真正心意的人。

胸前:

虚伪指数70%。你是一个没人认同就没安全感的人,虽然在某些时候会有原则,但若受到质疑,就会马上见风转舵。这时,社会经历尚浅的你,多多少少会将不安表现在脸上。

领巾上:

虚伪指数50%。你是一个非常坚持己见的人,聪明的你,绝对不会轻易地硬碰硬,而是会选择性地试探别人。你不会见风转舵,因为你对自己充满自信。

背包上:

虚伪指数30%。你的内心和外表一样,几乎都是单纯而透明的,一点小心思很容易就会表现在脸上,是一个很难骗自己或隐瞒别人的人。

七爷是小霸王(看咱编辑的名字多霸气):

安晴宝贝的新书《我的世界以你为名》即将上市!说实话,七爷读初稿的时候简直被女主角完美的伪装惊呆了,心机深沉啊(开玩笑)。后续还会有"情景音乐"奉献,请密切关注编辑(@七爷是小霸王)或作者(@Merry安晴)微博,以及魅优公众号("声控"千万别错过。听了CV的声音,我脑中只有四个大字:女美男帅)。

漫漫征途 ④ FENGMING DALU

风鸣大陆

强势出击!

少年的**成长**,不单是身体的变化,更多的是内心的坚韧和**力量**。

修伊,他曾经是低下的仆役,饱受折磨和痛苦。

他背负着仇恨和反抗命运的**梦想**。

自从他毅然走上**反抗**之路,便再不能回头。

从历经黑暗岁月的仆役到精通魔法武技的**最强全能炼金师**,这条路他走得艰难而沉稳。

当仇恨让修伊走上自强之路时,他永远也不会想到,那个被他强压在心底的女孩——兰斯帝国公主艾薇儿,正在茁壮成长。她在爱情的鼓励下,不断寻找着导致修伊仇恨的真相!

兰斯帝国强悍的邪恶力量,修伊该如何应对?
而这位美丽的公主,又会给修伊带来怎样惊心动魄的人生?

《无尽武装》《仙路争锋》作者,

网络超人气大神缘分0!

原名《全能炼金师》,
被称为当代文学盛宴的西方幻想小说,
更被马伯庸点名推荐!

如果有什么比生命更重要,那么梦想一定能算作其一;
在这黑暗的岁月里,少年为了梦想,终于决定不再逃避;
生或死又何妨,且唤醒全部能量,用力吹响反击的号角吧!

"花样特工" 系列

未解之谜大猜想！

希洛男爵假面，X特工组织的头号公敌，专门破坏X特工组织的任务。传说他来无影去无踪，多年来没人知道他的真实身份。玫瑰花是他的标志性武器。最近有消息称，希洛男爵假面出现在欧轮杜贵族学院，似乎在执行神秘任务。究竟……谁最可疑？

可疑人物一号：齐克亚罗

相貌平平，单眼皮小眼睛，纤瘦得离谱的身体和普通身高下的个头，已经把他排到了路人甲的行列中去了，可他偏偏又烫染了一头鲜艳的红发，让人看起来有种很奇怪的感觉。他手中时常把玩一支鲜艳的玫瑰花，说完话，还不忘对我摆出一个耍帅撩动发梢的动作。

时常耍帅的自恋行为也有可能是障眼法，常常随身携带玫瑰花，使他成为希洛男爵假面的可疑候选人之一。

可疑人物二号：杰克森

这个小个子男孩身形就像小学生一样，戴着厚厚的圆框金丝边眼镜，顺滑的淡金色头发，圆圆的大眼睛使他显得灵动可爱——如果这里是魔法学院的话，那他就是哈利·波特了。

他是希洛男爵假面的疯狂拥护者，时常会模仿希洛男爵假面的动作，无奈身材矮小，不然可是希洛男爵假面的强力可疑人物。但是，不排除他与希洛男爵假面有隐秘的关系。

可疑人物三号：道格泽也

他有着颀长的身形，还有一双修长的腿，身材简直是黄金比例。挺拔的身姿，裁剪合体的衣服，真是英姿飒爽。再看他的五官，深邃的眼眶镶嵌着波光流转的星眸，高而挺拔的鼻梁使整个五官十分立体，还有那带着坏笑的殷红的嘴唇，整个人透出几分妖娆的气质，简直是帅哥中的帅哥啊！说是美男子绝对不夸张！

他是"颜值"上最和希洛男爵假面匹配的人物，再加上可怕而夸张的家世背景，让他有能力在绝大多数地方来去自如。如果非要选一个人做希洛男爵假面，编辑一定会投他一票的！

希洛男爵假面到底是谁？

未解之谜

想知道究竟谁才是真正的希洛男爵假面吗？请移步莎乐美"花样特工"系列之《希洛玫瑰男爵》！

薇薇亚，女，今年21岁，黑发黑眸，五官精致，身高约165厘米，聪明伶俐，身份成谜，喜欢接近美少年，3年前失踪。不爱拍照，所以没有任何照片可供参考，以下为假想图。

有人提供消息，说薇薇亚失踪之前和4个美少年有过接触，他们都有很大的嫌疑。

可疑人物一号：特洛伊

他看上去很高，应该超过一米九。藏青色的西装裤恰到好处地包裹着他修长的双腿，他整个人优雅得像是从油画中走出来的贵族少年。

不过，他有一个怪癖，就是对毛茸茸的东西毫无抵抗力。他会不会因为喜欢可爱的薇薇亚，所以将她藏匿起来呢？嗯，嫌疑三颗星。

可疑人物二号：伊恩

黑发黑眸的少年，头发打理得一丝不苟，身上的衣服不见一丝褶皱，就连嘴角的笑容也是恰到好处，一分不多一分不少。

可是，他却是一个拥有双重人格的少年，每到月圆之夜就会出现残暴人格！那么，薇薇亚的失踪会不会是他转变后所为呢？

可疑人物三号：约书亚

浅金色的短发柔顺地贴在他的耳后，显得格外乖巧。那双湛蓝色的大眼睛水汪汪的，仿佛随时都能落下泪来。挺翘的鼻子下，棱角分明的嘴唇散发着果冻般诱人的光泽……他就像精致的芭比娃娃，让人忍不住想要将他抱在怀中轻轻哄着……

他的缺点就是神经兮兮的，喜欢与石头对话，占有欲十分强。

那么，他会不会因为喜欢薇薇亚，所以想要强行霸占她呢？

十分可疑！

可疑人物四号：艾弗里

如果说约书亚的美是易碎的水晶，那么眼前的艾弗里，便是花田里朝阳的向日葵。他漂亮的凤眼弯成妖娆的角度，他琉璃色的眼眸中闪着璀璨的光芒，整个人如同天使一般。

他是唯一一个意外出现的人物，在薇薇亚的日记本来层中，有着两人亲密的合照。那么，究竟是不是他导致薇薇亚失踪的呢？

他和薇薇亚之间又有什么不为人知的秘密？

（薇薇亚假想图）

想要知道答案，请翻阅莎乐美"花样特工"系列之《圣夜蔷薇纸偶》！

为你量身定做的**女主角**第一视角桌面游戏，让你切身感受女主角的所思所想！配合米米拉新书《真心候补团》共同使用，效果会更佳哦！

《真心候补团》之 可心可爱大冒险（棋）

浮现在包可爱脑海里那"雪花胎记"的主人到底是谁？一连串乌龙事件后，可爱能否找到那个"雪花胎记"的主人？
积极探索"雪花胎记"，前进两步。

往桌子里放仿真蜘蛛，偷数学课本，抽走椅子，喷水……摇滚乐队主唱白子浩在包可心面前完全是"小学生"，将"喜欢她就欺负她"贯彻到底！
被欺负的宝宝后退两步。

前进两步

后退两步

休息一轮

外表美丽、身材高挑的包可心与矮矮胖胖还贪吃的包可爱，"公主病"万人迷VS"萌萌"小胖妹，谁才是荆明天心中所爱的那个她呢？
挑花眼的宝宝，休息一轮。

滚下楼，撞桌子，水里抽筋……连续交厄运的包可爱啊，造成这一切的共同因素就是大魔王荆明天在场，难道是他给可爱施了倒霉咒吗？
巴拉巴拉明天明天魔法，再来一次。

再来一次

荆氏集团的天才少爷，兴师动众搞"书童"甄选，难道真的只是找"书童"那么简单吗？大家都削尖了脑袋想要当"书童"，包可爱却只想逃走？
休息一轮，听《真心候补团》为你解开霸道少爷和迷糊书童之间非比寻常的故事。

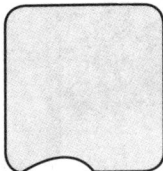

休息一轮

原定的"荆家书童"包可心一夜之间性情大变，成了包可爱，是双生姐妹还是灵异事件？
宝宝受到了惊吓，退回起点。

退回起点

休息一轮

阳光草地，湿发校服，运动毛巾，呼吸心跳，白衫的宇文熙，温柔的公主抱……"包可心，你这样挺有趣的。"真的只是有趣而已吗？
沉溺于宇文熙怀抱，休息一轮。

连"路人甲"都想要推进水池的女主角，实际上却是一个可爱的超级"小白"。正所谓前人造孽，后人遭殃，是什么引发了如此大的转变？
到达终点！让《真心候补团》用真心来解答你的好奇！

到达终点

起点

6月新书上市预告

麦洛洛/著

《我愿与你浪迹天涯》
▶ 遇见你，孤独里全是幸福

湖南文艺出版社

毕淑敏/著

"晚安"系列
▶ 心灵文字陪你温暖入眠

万卷出版公司

缘分0/著

《风鸣大陆⑤浮光掠影》
▶ 超人气大神西幻力作

知识出版社

凉桃/著

《魔戒奇缘，华丽驯兽师》
▶ 战斗吧，驯兽师和男宠们

天津人民出版社

陌安凉/著

《孤岛无泪》
▶ 孤岛成你心海上最痛的疤

黑龙江美术出版社

"微语星芒"系列《心若为城·寒星》

▶ 心若为城，甘愿割地称臣

湖南文艺出版社

"微语星芒"系列《心若向阳·微芒》

▶ 心若向阳，不惧悲伤

万卷出版公司

《青空之鸟》

▶ 云中失散的飞鸟，仅剩片翼羽毛

知识出版社

《全球进化⑥盖亚之怒》

▶ 神奇的海底文明，精彩的全球进化

知识出版社

《花开千夏葵》

▶ 看女"神经"如何撬动花艺少年

知识出版社

《我的男友是超人》

▶ 男友实力超群，追妹子大作战

知识出版社

《彩虹里的夏洛特》

▶ 心愿天使带你跨越暖爱彩虹

湖南少年儿童出版社

《我的世界以你为名》

▶ 以青春与岁月祭奠所谓遗憾

知识出版社

《过境鸟》

▶ 用真心一片，换王子一个

万卷出版公司

《萌二，快到碗里来》

▶ 丢掉你的高智商，好好爱我

天津人民出版社

《你的孤独我全收》

▶ 当男神遇上霸王花，请聆听孤独背后的话

万卷出版公司

《寻月谣》

▶ 他寻月而去，她为他而来

天津人民出版社